文豪はみんな、うつ

岩波 明

幻冬舎文庫

文豪はみんな、うつ

はじめに

今からそう遠くない時代のことになります。かつて、「文豪」と呼ばれる人たちが存在していました。彼らは人の世に生きることの意味を突きつめて考え、さらにはこの世界の意味をつかみとろうと試みて、文字どおり自らの命をかけて「作品」を創り上げました。

文豪たちの人生は、最近の時代の世知辛い目で見てみると、大部分が幸福と呼べる状態とはほど遠いものでした。安定した職業に就いていた人はわずかしかいません。せっかく「世間」的な仕事を得ることができても、それを簡単に投げだしてしまう人もいたのです。

恋愛についても、同じようなことが言えます。彼らは平穏な恋愛を嫌い、悲劇的な結末になろうとも、制約の大きいドラマティックな恋にのめり込んでいきました。

それどころか、島崎藤村が実の姪《めい》である島崎こま子を恋人にしたように、社会的なタブーの領域にも踏み込み、さらには秘密にすべき自分の恋愛体験を作品の題材にすることまでもあったのです。またタブーを犯すということで言えば、谷崎潤一郎が自らの妻を、やはり作家である佐藤春夫に「譲渡」した事件もよく知られています。

このような「反世間的」な生き方は、彼ら自身が進んで選んだ道でした。あるいは、彼らは普通の安全な幸福を求める人生を切り捨てることで、自らの「文学」を手に入れたのだと言うのが適切かもしれません。

時代的な背景もあったと思います。

文豪たちが生きていたのは、近代国家が成立しようとしていた明治時代の後半と、大正から昭和にかけてのデモクラシーと恐慌の時代でした。あるいは満州事変から始まる長い戦争の時代でもありました。当時人々の生活が、経済的に現在よりもはるかに貧しかったことは改めて言うまでもありません。

生活保護や健康保険などの社会福祉のシステムは、十分に整備されていませんでした。貧しい家の子供は、男女を問わず小学校も行かずに働く必要がありました。失業率もはるかに高率であったため、多くの人々が満州や南米に移住しました。それにもかかわらずその時代は、偉大な文豪たちを数多く輩出してもいるのです。

これは、時の「空気」によるところが大きかったのかもしれません。「文学者として生き、人生を蕩尽《とうじん》する」という生き方を世の中が認め、さらに彼らの生み出す「作品」に価値を見出し尊重していたのだと思います。

現在の視点でみるならば、非生産的な生活を続ける文豪たちは、社会的に非難の対象なのかもしれません。ニートか引きこもりとして、批判の目を向けられることでしょう。

中原中也は近代以降もっとも評価の高い詩人の一人ですが、生涯にわたり、一度も定職につくことがありませんでした。彼は知人に紹介されたNHKの入社面接に合格したにもかかわらず、自分から就職を断っています。

宮沢賢治が仕事らしい仕事をしたのは、農学校の教師時代の数年間だけです。太宰治は三十代になって小説が売れるようになるまで、結婚してからもずっと、実家の津島家から生活費を仕送りしてもらっていました。

本書で取り上げたのは著名な文豪たちですが、彼らの周囲には数多くの無名の文学者たちが存在していました。無名作家の作品の多くは、すでに忘れ去られています。しかし、世に出ることはできなかった彼らも、文豪たちと同様に、人生と世界の意味を追い求めた真摯な人たちでした。

文豪たちの人生は、ドラマティックな出来事に満ちています。さらに言うならば、彼らの多くは精神的な病を患い、心中や自殺によって悲劇的な最後を遂げた人も少なくありません。

本書で取り上げた十人の文豪の中には、精神科病院への入院歴のある人が三人います。さらに別の三人は、外来での投薬あるいは精神科の診察を受けています。

その時代、高潔な文学者として名声の高かった小説家の有島武郎は、有夫の女性編集者と恋に落ちてうつ状態となり、軽井沢で心中縊死《いし》しました。自ら「天才」と称し、小説『地上』によって未曽有のベストセラー作家となった島田清次郎は、知人の女性を拉致監禁したとして告訴され、刑事罰は逃れることができましたが、以後凋落《ちょうらく》の一途をたどりました。清次郎は、精神的に変調をきたし入院した巣鴨保養院という精神科病院において、短い一生を終えています。

本書はこのような文豪たちのドラマと波乱に溢れた人生を、彼らを脅かした精神の病との関連も含めて振り返ってみたものです。これは多少大げさな言い方になりますが、人間というものの本質を探る試みであると言えるかもしれません。

二〇一〇年七月

岩波　明

目次

第六章　中原中也
――一九〇七～一九三七（享年三十） 131

図版作成　ホリウチミホ

第一章

夏目漱石

一八六七〜一九一六（享年四十九）

なつめ・そうせき
慶応三(一八六七)～大正五(一九一六)年
本名、夏目金之助。江戸の牛込馬場下横町で生まれる。父は高田馬場一帯を治める名主だったが、養子に出される。帝国大学(東京帝国大学)英文科入学。俳人・正岡子規と同窓。卒業後、松山の愛媛県尋常中学校教師などを務めた後、イギリスへ留学。雑誌「ホトトギス」に『吾輩は猫である』を発表して評判になり、その後『坊っちゃん』他を執筆、朝日新聞に『虞美人草』を連載。その他の代表作に、『夢十夜』『三四郎』『それから』『門』『こころ』『道草』『明暗』など。●写真協力=産経ビジュアルサービス

妄想を伴う精神病性うつ病

夏目漱石が、わが国の生んだ最大の文豪であることに異論を唱える人は少ないであろう。漱石が活躍した時代からすでに一〇〇年以上の時がたっているにもかかわらず、彼の残した小説は今でも幅広く読まれているし、教科書などへの採録も数多い。

それにもかかわらず、夏目漱石という人物について、あるいは彼のとった行動には、謎が多いのも事実である。なぜ漱石は、神田の眼科医院で偶然出会った女性が自分と結婚すると確信したのだろうか？　どうして慣れない留学先のロンドンで、ひんぱんに引越しを繰り返したあげく、自室に引きこもって過ごしていたのか？　さらにはなぜ幼い自分の子供たちに対し、些細なことで激しい怒りを繰り返しぶつけたのか？

こうした疑問に対する答えの一つとして考えられるのは、漱石が精神疾患を患っていたという事実である。

これまでも、漱石の「病気」に関しては多くの研究が行われてきた。その結果、「うつ病」という診断の他に、さまざまな病名が提唱されている。漱石には幻聴や被害妄想がみられたことから、統合失調症（精神分裂病）という説も唱えられている。しかし、彼の病状は周期性の悪化を示し、精神的に安定している時期と病期がはっきりと分かれていた。統合失調症のような、慢性・進行性の経過をたどってはいない。

結論から言えば、漱石の診断は、「精神病性うつ病」であると考えられる。精神病性うつ病とは、聞きなれない病名かもしれない。これは、幻覚や妄想を伴ううつ病のことで、「妄想性うつ病」と呼ばれることもある。

うつ病に幻覚や妄想が出現する頻度は、必ずしも高くない。もっとも、うつ病の約二五％に、幻覚、あるいは妄想が伴うという報告もみられる。ただしこの場合、幻覚よりも妄想がみられる例が多く、うつ病においてよく出現する妄想を「うつ病の三大妄想」と呼ぶこともある。これらは、貧困妄想、罪業《ざいごう》妄想、心気妄想である。

貧困妄想は、実際は経済的な問題がないにもかかわらず、財産を失って貧乏になり路頭に迷ってしまうと確信する妄想である。

罪業妄想とは、道徳や法律などに反する行動をとってしまったと確信し、自らが罪深い存在であると思いこむ妄想である。過去の小さな過ちを悔やんだり、仕事の失敗をすべて自分のせいであるとして自分を責めたりする。

また心気妄想とは、自分ががんの末期などの治癒の見込みがない重い病気にかかってしまったと信じるものである。

この他にも、うつ病においては、さまざまな妄想がみられる。「だれかに監視されている」「盗聴器をしかけられている」などの妄想が出現することもあるが、漱石の妄想は、主にこのような被害妄想であった。漱石は作品の中でしばしば「探偵」について言及しており、これも被害妄想によるものである。彼の小説の主人公は、不特定多数の人物から後をつけられていると確信していることが多い。

漱石の作品の中には、漱石自身が体験した幻聴や被害妄想と関連する表現がひんぱんに見受けられる。その例をいくつか示してみよう。

漱石作品の中の病理

漱石の小説において「精神病」の症状を示す表現が多用されていることは、しばしば指摘されている。興味深いのは、漱石自身の病状が悪化した時期において、作品の主人公にも精神病の症状がみられる傾向が強い点である。

精神科医で、漱石の研究者である高橋正雄《たかはしまさお》氏の報告によれば、漱石の小説十七編の中で十三編において幻聴や被害妄想などの症状が描かれており、さらに漱石の病状悪化時に執筆された十一編においては十作品の主人公に精神病の症状がみられるとしている。

明治三十八（一九〇五）年から雑誌「ホトトギス」に連載された『吾輩は猫である』は、漱石の初期の代表作である。この小説では、生まれて間もない吾輩（猫）が、英語教師である珍野苦沙弥《ちんのくしゃみ》先生の家に転がり込むところから始まり、「吾輩」の視点から人間世界をユーモラスに鋭く描写、批判した。苦沙弥は偏屈で胃が悪くノイローゼ気味とされているが、漱石自身がモデルである。

次に示すように、「猫」の主《あるじ》である苦沙弥が家にいると、どこからか彼の悪口が聞こえてくる描写がある。これは、おそらく幻聴である。

するとと又垣根のそばで三四人が「ワハハハハハ」と云う声がする。一人が「高慢ちきな唐変木だ」と云うと一人が「もっと大きな家へ這入りてえだろう」と云う。（中略）主人は大に逆鱗の体で突然起ってステッキを持って、往来へ飛び出す。（中略）吾輩は主人のあとを付けて垣の崩れから往来へ出て見たら、真中に主人が手持ち無沙汰にステッキを突いて立っている。人通りは一人もない、一寸狐《きつね》に抓《つま》まれた体である。

松山中学に赴任していた時代を描いた『坊っちゃん』は、『吾輩は猫である』に続いて漱石が発表した作品である。この小説は明るい青春小説とみられることが多く、国民的な人気も高い。ところが驚くことに、『坊っちゃん』の中においても、幻聴や被害妄想を示す表現が述べられている。

主人公の「坊っちゃん」は、温泉や団子屋での自分の行動がみなに知れわたっていることに驚き、生徒が自分を「探偵」しているのではないかと怪しむ。さらに次のように幻聴と思われる部分もみられる。

突然おれの頭の上で、数で云ったら三四十人もあろうか、二階が落っこちる程どん、どん、どんと拍子を取って床板を踏みならす音がした。（中略）気違いじみた真似も大抵にするがいい。どうするか見ろと、寝巻のまま宿直部屋を飛び出して、階子段を三股半に二階まで躍り上がった。すると不思議な事に、今まで頭の上で、たしかにどたばた暴れていたのが、急に静まり返って、人声どころか足音もしなくなった。

夏目漱石の代表作といえば、この『坊っちゃん』や中期の傑作である『それから』、あるいは絶筆となった『明暗《めいあん》』など諸家により意見が分かれるが、一般の読者は、『こころ』をあげる人がもっとも多いようである。

この作品は大正三（一九一四）年に発表されたもので、明治時代の末期を背景として、人間の「罪」と「エゴイズム」をテーマに、苦悩する知識人の姿を描いている。次の一節は主人公である「先生」の言葉であるが、幻聴とそれに対する本人の独語がみられる。

その力が私にお前は何をする資格もない男だとおさえつけるように言って聞かせます。不可思議（中略）私は歯を食いしばって、何で他の邪魔をするのかと怒鳴りつけます。不可思議な力は冷やかな声で笑います。自分でよく知っているくせにと言います。

江戸生まれ、神田育ち

漱石の本名は、夏目金之助《きんのすけ》である。漱石は江戸牛込馬場下横町《うしごめばばしたよこ》（現在の新宿区喜久井町《きくい》）において、町方名主の五男三女の末子として生まれた。漱石の生まれたのは慶応三（一八六七）年で、翌年が明治維新の年であった。生家は江戸町奉行の配下にあり、神楽坂から高田馬場付近を治めている裕福な家だった。

漱石は幼少時より生真面目で優秀な子供であったが、家庭的に恵まれず、自責的で不安定になりやすい面があった。生後間もなく漱石は、四谷の古道具屋に里子にだされた。だが、まもなく連れもどされている。

その後再び彼は生家から、四谷の名主であった塩原家の養子となっている。しかし養父母の離婚によって、九歳のとき再び夏目家にもどることとなった。

十一歳、神田にある錦華《きんか》小学校を卒業した漱石は、府立一中（現、日比谷高校）に入学した。この時期、進路に迷った漱石は、一時期不登校となっている。彼は三年で中学を中退し、漢学の勉強をこころざして、二松學舎《にしょうがくしゃ》に転校した。

しかし漱石は再び進路を変え、駿河《するが》台《だい》にあった成立《せいりつ》學舎で英語の勉強を行い、明治十七（一八八四）年に、東京大学予備門に入学した。坪内逍遙《つぼうちしょうよう》が『小説神髄《しんずい》』を発表したのが、その翌年の明治十八（一八八五）年であった。東京大学予備門は、漱石の在学中に、学制の変更によって第一高等学校と名称を変えた。

このころ漱石は生家を出て、小石川、神田などに下宿した。漱石は学業に励み、ほとんどの科目を首席で通した。特に英語の上達は著しかったという。生涯の友人となった正岡子規《まさおかしき》と知り合ったのもこのころのことだった。子規の影響で漱石は房総各地を旅し、漢文で旅行記『木屑録《ぼくせつろく》』を執筆している。その中には次に示すように、子規が絶賛した格調高い詩文が書きつづられていた（『房総紀行「木屑録」　漱石の夏休み帳』　関宏夫　崙書房出版）。

風行空際乱雲飛　風は空際《くうさい》を行きて　乱雲飛び
雨鎖秋林倦鳥帰　雨は秋林《しゅうりん》を鎖《とざ》して　倦鳥《けんちょう》帰る
一路簫簫荒駅晩　一路　簫簫《しょうしょう》たり　荒駅《こうえき》の晩《くれ》
野花香濺緑蓑衣　野花《やか》香《かおり》は濺《ひそ》ぐ　緑蓑《りょくさ》の衣《い》

（風は大空いっぱいに吹きつのり、急ぐようにちぎれ雲が流れてゆき、秋めいた林をとざすように雨が降りこめて、飛び疲れた鳥がねぐらへ帰ってゆく。広野の一本道が、夕暮れどきのひとけのない宿場を通りぬけて、咲き乱れた野花の香りが軒先の蓑をひっそりと包んでいる）

発症

明治二十三（一八九〇）年、漱石は帝国大学文科大学に入学した。このとき、漱石は二十三歳であった。英語の実力が認められた漱石は、『方丈記《ほうじょうき》』の英訳も担当している。

大学入学後、特にきっかけはなく、厭世《えんせい》的、悲観的な傾向が強くなることがあった。一方、対人関係では孤立することはなく、正岡子規らとの交流は続いていた。

漱石の精神状態に明らかな異常がみられたのは、二十七歳ごろのことだった。当時漱石は帝国大学を卒業し、高等師範学校の英語講師に就任している。

このころ漱石は、理由もなく憂うつさが強くなることが多く、厭世的、被害妄想的となることもしばしばみられた。不安感と焦燥感にとりつかれた彼は、下宿先を転々としている。

さらに漱石は、自らの精神的な不安定さを治めようと、鎌倉の円覚寺《えんがくじ》に参禅しているが、これは失敗に終わった。

記録に残る明らかな病気の症状は、見知らぬ女性に対する漱石の一方的な恋愛妄想から始まった。以下の経緯は、漱石の妻、夏目鏡子《きょうこ》の回想録（『漱石の思い出』文藝春秋）に記されているものである。漱石は通院していた駿河台の井上眼科医院の待合室で偶然会った若い女性に妄想を抱いた。漱石は彼女に一目ぼれし、「あの女ならもらっても良い」と「思いつめて独りぎめしていた」。

漱石は、その女性と彼女の母が漱石との結婚を熱望し、当時漱石が下宿していた寺の尼たちに様子を探らせていると妄想的に確信した。漱石の幻聴においては、女性の母は、「娘をやるのはいいが、そんなに欲しいんだったら、頭を下げて貰《もら》いに来るがいい」と言っていると主張した。漱石は、自分に縁談があったはずだと実家の兄を問い詰め、兄に否定されると、ひどく怒りだした。

当時の漱石は、小石川にある浄土宗の寺院である法蔵院《ほうぞういん》に下宿していたが、寺の尼たちが自分のことを噂するのでうるさくて仕方がないと、正岡子規への手紙に書いている。これもおそらく幻聴だったのだろう。

明治二十八（一八九五）年、このような状況を変えようと、漱石は東京を逃れ、松山中学校の教師として赴任した。松山時代に、彼の「神経衰弱」は次第に改善がみられたようである。この時期、一時正岡子規と同じ下宿に暮らしていた。
明治二十九(一八九六)年、漱石は貴族院書記官長の娘であった中根鏡子と婚約し、まもなく結婚した。ほぼこれと同時に、熊本にあった第五高等学校の教授として赴任している。五校時代の漱石は精神的に安定していることが多く、句作にはげむとともに、学生や郷土の俳人たちともさかんに交流を行った。また、このころ漱石は、阿蘇山などへの旅にもよく出かけている。

「夏目狂セリ」

夏目漱石が初めての国費留学生としてロンドン留学のために旅立ったのは、三十三歳のときである。明治三十三(一九〇〇)年、彼はドイツ汽船プロイゼン・ブレーメン号で横浜港から出発した。日本人はほんの数人のみであった。次の句は出発に際してのものである。

秋風の一人を吹くや海の上

九月八日に出航した船は、香港、ペナンなどをへてスエズ運河を通過し、十月十八日にナポリに到着した。ここで漱石は下船し、列車を利用してパリに行きついた。さらに、同月二十八日にロンドンに到着した。余談になるが、漱石と入れ違うようにしてロンドンから帰国したのが、漱石の大学予備門での同級生であり、粘菌の研究などで知られる博物学者および生物学者の南方熊楠《みなかたくまぐす》である。

漱石の留学は、早々に挫折した。ロンドンに到着して五日目、漱石はブレーメン号で知り合ったノット夫人から紹介された、ケンブリッジ大学のアンドルーズの元を訪問した。ところが宗教学者であったアンドルーズと話がかみ合わなかった上に、ケンブリッジの学費は高く、とても入学できないことがわかり、入学を断念することになる。

この結果漱石は、独力で英文学を学ぶことを余儀なくされた。漱石は生活費を切り詰めて英書を買い込み、週一回シェークスピア学者の個人教授について、孤独の中で研究を進めたのである。

漱石はロンドン留学中に精神状態が悪化し、「神経衰弱」が再燃した。下宿先の家主に対する被害妄想、幻聴などもみられ、下宿先を短期間で転々とした。このころの漱石の様子は、師範学校時代とよく似ている。漱石夫人の手記には次のようにある。

夏目がロンドンの気候の悪いせいか、なんだか妙にあたまが悪くて、この分だと一生このあたまは使えないようになるのじゃないかなどとたいへん悲観したことをいってきたのは、たしか帰る年の春ではなかったかと思っております。

漱石は悲観的で自閉的な状態となり、漱石が発狂したという情報が日本の文部省に届いた。「夏目狂セリ」という国際電報が送られてきたという話が伝えられているが、差出人など詳細については不明である。当時の下宿先の女主人は漱石について、「毎日毎日幾日でも部屋に閉じこもったなりで、真っ暗の中で、悲観して泣いている」と述べている。

前述したように、漱石はロンドン滞在の二年間に、ひんぱんに下宿を変わっている。これは病的な症状に影響されたためであると思われる。

ロンドン到着後、最初に宿泊したのは、大英博物館に近い現在のベッド&ブレックファストに似た宿屋であったが、二週間あまりで転居した。その後、ロンドン北西部のウェストハムステッドに転居したが、家賃が高い上に大家一家の雰囲気に違和感を持ち、一月あまりしか滞在していない。漱石はこの第二の下宿を「暗い地獄」のようであったと回想している。

漱石の三番目の下宿は、テムズ河の南部、カンバウェルにあった。繁華街やシティのある北部とは異なり、ロンドンの南部は下町で、低所得層の住宅地域である。現在では、移民などアフロカリビアンと呼ばれる有色人種の比率が高い。その後漱石は、大家の引越しに従い、郊外にあるツーティングに移ったが、大家に対する不満が強く、すぐに別の部屋を探している。

ツーティングに滞在したのはわずか三か月ほどで、漱石はクラパムコモンの下宿に移動した。ここが帰国までの住居となった。下宿の大家はリール姉妹という二人の女性で、多少の教養があり、漱石もある程度の親しみを感じていたようである。ここで漱石は英文学の研究を精力的に行ったが、同時にチャリングクロス付近の古書店やウェストエンドの劇場にしばしば足を運んだ。クラパムコモンには地下鉄の駅があり、セントラル・ロンドンまでのアクセスが良かった。

次に述べるのは、この第五の下宿にいたときのエピソードである。

街で乞食が金をねだるので、漱石は銅貨を一枚手渡した。ところが下宿先に帰り便所に入ると、同じ銅貨が一枚便所の窓にのっていた。漱石は下宿の主人が探偵のように自分をつけて自分の行動を細大漏らさず見ているのだと確信し、憤慨したという。これは明らかに、漱石の被害妄想であろう。

この話には後日談がある。漱石は日本郵船の博多丸《はかたまる》によって、明治三十六（一九〇三）年一月に神戸に帰国した。帰国して数日後、漱石は自宅で火鉢のふちの上に五厘玉《ごりんだま》がのせてあるのを見て、突然幼い娘をぴしゃりと叩いた。妻が理由を聞くと、ロンドンでのエピソードを語り、子供が同じことをして自分をばかにしていると思ったのだというのである。漱石には、ただの五厘銭が妄想を伴って知覚されたのだった。

作家漱石と病

帰国後、漱石は、第一高等学校および東京帝国大学英文科の講師の職についた。職務はきちんとこなしていたが、このころ彼の「神経衰弱」は悪化し、家族や使用人に対して被害妄想を抱くことがしばしばみられた。その一方、このような状態と矛盾するようであるが、漱石の家には、寺田《てらだ》寅彦《とらひこ》や鈴木三重吉《みえきち》をはじめとして多くの弟子や学生たちが出入りをし、彼らからの敬愛を受けている。

しかし家庭では理由なく不機嫌となり、手当たり次第にものを放り投げたり、自分一人で怒りだしたりする。当時は千駄木《せんだぎ》に居住していたが、隣近所に対して被害妄想を持ち、近所に住む大学生を、「学生の姿をしているが自分を探っている探偵に違いない」などということもあった。蛇足であるが、漱石が住んでいた団子坂《だんござか》近辺は、後に江戸川乱歩《えどがわらんぽ》が執筆した『D坂の殺人事件』の舞台となっている。

精神状態は不安定であったにもかかわらず、この時期、漱石の創作意欲は旺盛であった。明治三十八（一九〇五）年に『吾輩は猫である』を「ホトトギス」に発表し、これが好評であったため、続けて『坊っちゃん』『草枕《くさまくら》』を執筆し、漱石は小説家として高い評価を得た。明治四十（一九〇七）年には、東京帝国大学を辞職して朝日新聞社に入社し、その後連載小説の執筆を次々に手がけるなど旺盛な創作活動を行った。

四十五歳ごろより、漱石は再び以前と同様のうつ状態となり、四十九歳で亡くなるまで断続的に遷延した。家族や女中などにたいする被害妄想がみられるとともに、幻聴もひんぱんにあり、女中が自分の悪口を言っていると文句を言い、電話のベルを気にするあまり、受話器を外しっ放しにすることもあった。睡眠障害のため早朝覚醒がみられ、家人を起こして回る奇行もあった。

漱石は精神科の治療は受けていないが、日本の精神医学の父と呼ばれ東大精神科教授であった呉秀三《くれしゅうぞう》の診察を受けたことがある。呉による診断は、「追跡症という精神病の一種」であった。

ここに述べたように、精神疾患による症状のため苦しい生涯を送った漱石の作品が、長い年月をへても多くの人々に支持されていることは、実に不思議なことのように思える。また、憂うつ感が強く、被害妄想や幻聴がみられた時期において、文学史上の傑作を何作も執筆していることには驚くしかない。

家族と漱石

身近な人々にとって、漱石の病気は恐怖そのものだった。被害妄想などの病的な症状が嵩じると、彼は家族や使用人にあたり散らし、時には暴力を振るった。漱石の妻は、晩年の漱石の状態について、次のように述べている。

どうも女中が変だとか何とかひとり語《ごと》を言っておりましたが、やがて女中に向かって、いきなり木に竹をついだように、そんなことは言わないでくれとこう申します。しかし女中はべつに何も言わないのですから、怪訝《けげん》な顔をして、何も申しませんでございますがと答えると、怖いいやな顔をして黙ってしまいます。

夏目漱石の次男でジャーナリストでもあった夏目伸六《しんろく》氏は次のように語っている。

まだ、何一つ意識らしい意識さえ持合わせなかった幼い頃から、私はずっと父を恐れて来た。父がニコニコ機嫌よく笑っていた顔も、また私等小さい子供達と一緒に大口開《あ》いて笑った顔も、私は未だ明瞭《はっきり》と覚えている。しかしこうした父らしい姿を見ながらも、私はその裏に隠れたかすかな不安をどうすることもできなかった。

（『父・夏目漱石』　夏目伸六　文藝春秋）

ある晩、見世物小屋が並ぶ神社の境内で、まだ就学前だった彼は突然漱石の怒りの発作を受けた。

「馬鹿っ」

その瞬間、私は突然怖ろしい父の怒号を耳にした。が、はっとした時には、私はすでに父の一撃を割れるように頭にくらって、湿った地面の上に打倒《ぶったお》れていた。その私を、父は下駄ばきのまま、踏む、蹴る、頭といわず足といわず、手に持ったステッキを滅茶苦茶に振り回して、私の全身へ打ちおろす。（中略）ただじっと両手で顔を蔽うたまま、思い出したように声を慄《ふる》わして泣きじゃくるばかりだった。そしてその合間合間に、はなや、涙を一緒くたにズルズル咽頭の奥へ吸いこみながら、私は先へ行ってしまった父の後からやっとの思いでトボトボついて行った。

（同前）

漱石の病状の特徴として、次のような点があげられる。

病期において、憂うつ感、不安感などはみられたが、思考・行動の抑制、自責的傾向などはっきりせず、うつ状態としては典型的ではなかった。被害妄想は、毎回類似したものがみられ、比較的年配の女性が中心となり、複数の手下を使って自分の動静を探り、嫌がらせをしてくるという内容が多かった。また妄想の対象は、自己の周囲に限定していた。

このような点は、「精神病性うつ病」としては必ずしも典型的なものとは言えない。いずれにしろ、精神疾患に苦しんだ漱石の作品が、長い間「健常」な人々に愛されている不思議さを改めて感じる。

第二章

有島武郎

一八七八〜一九二三(享年四十五)

ありしま・たけお

明治十一(一八七八)〜大正十二(一九二三)年東京小石川に、旧薩摩藩士で大蔵官僚の子として生まれる。学習院中等科卒業後、札幌農学校に進学、キリスト教に入信。卒業後渡米し、ハヴァフォード大学大学院、ハーヴァード大学大学院で学ぶ。帰国後、志賀直哉や武者小路実篤らと出会い、同人誌「白樺」に参加。代表作に『カインの末裔』『生れ出づる悩み』『或る女』『小さき者へ』、童話『一房の葡萄』、評論『惜しみなく愛は奪ふ』など。●写真協力=産経ビジュアルサービス

軽井沢心中

大正十二（一九二三）年七月七日のこととなる。それは、同じ年の九月に起こる関東大震災のおよそ二か月前のことであった。

軽井沢三笠ホテルの支配人であった駒林勝次郎は、ホテルのオーナーからの連絡を受けて、同ホテルの別荘となっていた「浄月庵《じょうげつあん》」に掃除をしに行った。中に入ると異様な臭気がした。彼が応接室のドアを開けると、縊死《いし》（首吊り自殺）している男女を発見した。

三笠ホテルは、明治三十八（一九〇五）年に開業した西洋風のリゾートホテルである。客室は三十室というこぢんまりとしたホテルであったが、「軽井沢の鹿鳴館《ろくめいかん》」と呼ばれた贅沢な造りで、渋沢栄一、乃木希典《のぎまれすけ》、近衛文麿《このえふみまろ》などの著名人の利用が多かった。三笠ホテルは、閉鎖後には近隣に移され、国の重要文化財となっているが、有島が心中した浄月庵も、現在は南軽井沢に移築されて、別荘の内部が公開されている。

遺体を発見した駒林は、すぐに警察に通報した。夏場のことでもあり、腐乱がすすみ、顔もよくわからない状態であった。当初遺体は身元不明者として処理されそうになったが、遺書が発見され、心中した男女は小説家の有島武郎と中央公論社の雑誌記者、波多野秋子《はたのあきこ》であることがわかった。

二人は、遺体が発見される一月あまり前から行方不明となっていた。有島が最後に姿を見せたのは、彼の著書を数多く刊行していた出版社、叢文閣《そうぶんかく》の足助素一《あすけそいち》社長の元であった。

六月七日のことである。有島は足助に自分が既婚者である波多野秋子と不倫関係にあることと、このことが秋子の夫に知られ、夫から多額の金銭を支払わなければ姦通罪で告訴すると脅されていることを打ち明けた。

この当時の刑法においては、不倫は「犯罪」であり、女性側の配偶者から訴えられた場合、刑事事件として処理された。詩人の北原白秋も、この「姦通罪」によって拘置所に勾留されたことが知られている。

波多野秋子は、京阪電鉄の取締役と新橋の芸者の間に生まれた庶子であるとされている。秋子は英語の個人教授をしてもらっていた波多野春房《はるふさ》と恋愛関係に陥り、春房は前妻と離縁して秋子と結婚している。結婚後に、秋子は女子学院英文科と青山学院英文科を卒業し、大正七（一九一八）年に中央公論社に入社したが、美人記者として作家の間ではよく知られていた。

有島と秋子の出会いは、亡くなる前の年である大正十一（一九二二）年のことである。秋子は編集者として、有島の元に日参していた。

この恋愛に積極的だったのは、秋子の方だった。どちらかというと、有島は腰が引けていた。秋子の夫は彼女より十歳以上年上の実業家であった。この心中事件においては、二人を死に追い込んだ悪役とされているが、事実関係については明らかになっていない点が多く、一方的に秋子の夫に問題があるとは言えない。

次に示す手紙の一節は、大正十二（一九二三）年三月十七日の日付で、有島から秋子に宛てたものである。有島は秋子との別れ話を切り出しているだけでなく、秋子の夫に対しても責任を感じその心情を慮っている。

愛人としてあなたとおつき合ひする事を私は断念する決心をしたからです。……純な心であなたを愛し、十一年の長きに亙つて少しも渝《かは》らないばかりでなく、益益《ますます》その人をいとしく思はせる程の愛情をそゝいで居られる波多野さんをあざむいて、愛人としてあなたを取りあつかふことは如何に無恥に近い私でも迚《とて》も出来る事ではありません。

死に向かう心

友人であった足助に対して有島は、しばらく以前より秋子と心中することを考えていたと打ち明けた。ただ彼は大自然に未練があり、秋の風物を見るために死ぬことを延期したのだとつぶやいた。自殺を思い留まるようにという足助の説得にも、有島は耳を貸そうとしなかった。

これより時期的にはさかのぼるが、有島は秋子との交際が始まったころより、憂うつな気分が強くなり死を意識していた。彼が知人に送った手紙には、次のような一節がある。

久しぶりで弟妹の誰れ彼れにもあひました。そんな事も此頃《このごろ》はさしてうれしい種にはなりません。生活の破壊が段々つきつまつて来るやうです。徐《おもむ》ろに憂鬱が私の心に這ひかゝります。

この頃は何だか命がけの恋人でも得て熱い喜びの中に死んでしまふのが一番いゝことのやうに思はれたりする。少し心が狂ひ出してゐるなと自分でも思ふ……

六月八日、波多野秋子は勤務先である中央公論社に十二時近くに出社した。彼女は自分の机の中を整理した後、上司に「一身上のこと」で、二、三日休みたいと告げている。さらに同僚の諏訪三郎に、「わたし、死ぬかもしれないのよ」と漏らした。

この日の午後五時、有島と秋子は新橋の精養軒で落ち合った。この後二人は、上野から軽井沢に列車で向かったと思われるが、正確な足取りは確認されていない。二人が軽井沢に着いた時刻には、土砂降りの雨だったと伝えられている。

同じころ足助は、神戸から急遽上京してもらった有島の親友、原久米太郎《はらくめたろう》とともに、有島邸に向かったが、すでに有島は死への旅に出発した後だった。

次の文章は、足助に宛てた有島の遺書の一節である。この遺書から考えると、彼らが自殺したのは、六月九日の未明のようである。

山荘の夜は一時を過ぎた。雨がひどく降つてゐる。私達は長い路を歩いたので濡れそぼちながら最後のいとなみをしてゐる。森厳《しんげん》だとか悲壮だとかいへばいへる光景だが、実際私達は戯れつつある二人の小児に等しい。

未曽有の大災害となった関東大震災の後、東京では有島の心中事件を題材として次の「困ったネ節」という歌が流行したという。

人の女房と心中する　有島病気が流行し
アラマオヤマ　亭主に砂かけて家出する
これが純真の恋というなら困ったネ

こいつはちょっくら困ったネ

横浜育ち、キリスト教入信

有島武郎は、明治十一（一八七八）年に東京府小石川区に生まれた。現在の後楽園の近くである。父親である有島武《たけし》は薩摩《さつま》藩出身の官僚で、当時は大蔵省関税局に勤めていた。母、幸子は南部藩の武家の出身である。

武郎は四男二女の長男であり、弟には後に画家となった有島生馬《いくま》、作家となった里見《さとみ》弴《とん》がいる。

有島が四歳のとき、父が横浜税関長に就任した。このため一家は、横浜市月岡町（現、横浜市西区）の官舎に移った。現在の野《の》毛《げ》山《やま》動物園の付近である。当時の西洋文明との接点であった横浜が、有島の最初の記憶が残る土地となった。

父の武によって、有島は「和魂洋才」の教育を受けた。家庭の外では山手にあった横浜英和学校というミッションスクールに通ったが、家の中においては、儒教と武士道の理念が教え込まれた。有島の英語力は秀逸であり、ミッションスクールにおける初期教育の効果が大きかったようである。

両親はエキセントリックなほど、有島を厳しくしつけた。有島の当時の回想によれば、小さい時から父の前で膝を崩すことは許されず、朝は冬でも夜明けに起こされて、庭に出て立木打ちをやらされたり、馬に乗せられたりしたという。これはもう虐待といってもいいのかもしれない。

明治二十（一八八七）年、九歳の有島は、英和学校を退学し学習院の予備科三年に転校した。学習院に入学後は、寄宿舎で生活を送っている。真面目で成績優秀だった有島は、皇太子（後の大正天皇）の学友に選ばれた。毎週土曜日に皇太子の住む吹上御苑《ふきあげぎょえん》に伺候し、その相手をすることが有島の役目だった。

このころ有島は、「少年文学」「少国民」などの少年雑誌に親しみ、文学書を読みふけった。小説家になりたい夢も持っていたが、親の許しを得られないと思い、実家の束縛から離れ、農業の道に入ろうと決心している。

明治二十九（一八九六）年、十八歳となった有島は、学習院の中等科を卒業し、札幌農学校に入学した。周囲からみるとこの進路の選択は意外なものであったが、有島自身は「北海道といふ未開地の新鮮な自由な感じ」に惹かれたと述べている。同じころ、父、武は大蔵省を退職し、実業家への道を歩み始め、十五銀行世話役、日本郵船監査役などを務めた。

有島が札幌農学校を選んだことは、自分の置かれた境遇から逃げ出したいという気持ちが強く働いたものであった。この学校に進学した理由としては、母方の親戚である新渡戸稲造《にとべいなぞう》が教授をしていることも大きかった。新渡戸稲造は著明な農学者、教育学者で、後に東京帝国大学教授、東京女子大学学長などを務めた人物である。国際連盟の事務次長として世界的にも活躍し、昭和初期の軍部の台頭に反対したことでも知られている。

札幌農学校は、明治五（一八七二）年に東京で設立された開拓使仮学校が前身である。この学校は、北海道開拓にあたる人材の育成を目指したものであった。明治八（一八七五）年に仮学校は札幌に移り、さらに翌九（一八七六）年には札幌農学校として開校した。

明治二十九年、有島は横浜から小樽行きの船に乗って旅だった。札幌についた有島は、新渡戸から好きな学科を聞かれ、正直に文学と歴史と答えたところ、大笑いされたという。以後、有島は新渡戸宅に下宿することとなった。

農学校に入学して三年目のことである。明治三十二（一八九九）年十二月、有島は札幌農学校の友人である森本厚吉《こうきち》と札幌の奥座敷と呼ばれる温泉郷、定山渓《じょうざんけい》を訪れたが、キリスト教の信仰に悩んでいた森本に同情し、このとき自殺を企てようとしたことがあった。このエピソードをきっかけとして、有島もキリスト教に入信している。

文学者への飛躍

札幌農学校を卒業した有島は、明治三十六（一九〇三）年、米国留学のために横浜を出発した。有島は当初、ペンシルヴァニア州にあるハヴァフォードカレッジの大学院に入学したが、翌年にはボストンに移り、ハーヴァード大学大学院に籍を置いた。

その翌年に、有島はヨーロッパを歴訪する。ナポリ、パリ、ロンドンなどを回って、帰国したのは明治四十（一九〇七）年の四月で、すでに二十九歳となっていた。その後は、東北帝国大学農科大学（札幌農学校が昇格）の講師に招かれた。

明治四十一（一九〇八）年、有島は懐かしい土地である札幌に赴任した。六月には予科教授に昇格し、英語と倫理講話を担当した。有島の講義は情熱的な上に洋行帰りの新鮮な内容が盛り込まれ、学生の人気も高かったという。そのほかにも、札幌での日々は、学生たちの社会主義研究会に招かれ討論をしたり、独立教会の日曜学校校長を引き受けたりなど多忙であった。しかしこの当時、すでに有島はキリスト教に対する信仰を失っていた。

翌年に有島は、父のすすめに従って、陸軍中将の次女であった神尾安子と結婚した。有島は三十一歳、安子は十一歳年下の二十歳であった。このように、帝国大学の教官となり、妻を迎えて一家を構えたにもかかわらず、有島の心中は落ち着いた状態にはならず、揺れ動いていた。

このまま文学や思想を友とし、大学の教員として一生を過ごそうと決心したこともあった。

だが、自分はいったい本来は何をかなすべきであるかと、有島は繰り返し煩悶《はんもん》した。以前は心の支えとしていた信仰も、助けにはならなかった。家庭において、二十歳を越えたばかりの妻は、精神的に向上を共に目指す相手としては若く幼すぎた。

明治四十三（一九一〇）年、有島はキリスト教と決別した。教会に退会届けを出して縁を切ったのである。この同じ年、学習院の後輩である志賀直哉《しがなおや》、武者小路実篤《むしゃのこうじさねあつ》らが中心となり、文芸雑誌「白樺」が創刊された。文学史上における「白樺派」の誕生である。有島はこの雑誌に最年長の同人として参加し、評論や小説を発表するようになった。彼は、棄教《ききょう》した心の空白を文学によって穴埋めようとしたのである。

明治四十四（一九一一）年から大正二（一九一三）年にかけて、有島は「白樺」に『或《あ》る女のグリンプス』を連載している。これが彼の作家としての本格的な出発点となった。この作品の主人公のモデルは、国木田独歩の妻であった佐々城信子《さききのぶこ》である。信子は独歩と別れた後、有島の札幌農学校時代の友人と婚約したが、さらにその婚約者を棄てて他の男性と同棲するという奔放な人生を送っていた。

この時期の有島は家庭で三人の子供を得て、精神的には安定に向かうように見えた。著作の執筆も盛んであった。しかし、大正三（一九一四）年に妻の安子が肺結核を発病したことで、有島の生活は一変してしまう。

安子は一時札幌市立病院に入院したが、治療のために転地療養が必要とされ、鎌倉、その後平塚に移った。有島自身も札幌での生活を切り上げるため、大正五（一九一六）年に大学に辞表を書いて上京している。しかし安子の病状は急速に悪化し、その年の八月に永眠した。まだ二十七歳の若さであった。さらに同じ年の十二月には、有島の父が胃がんのために死去している。

この二人の死によって、有島は大きな転機を迎えた。彼は、作家として歩むことを決意したのである。大正六（一九一七）年から八（一九一九）年にかけて、有島は旺盛な創作意欲を示し、小説、評論などの作品を次々と発表した。特に北海道の農場を舞台に激しい心情に動かされ破滅に向かう主人公を描いた『カインの末裔《まつえい》』は、世間的に大きな評価を受けた。大正八年には、『或る女のグリンプス』を改稿し『或る女』として出版した。この小説は当時のベストセラーとなっている。

終焉――うつ病患者の性格特徴

しかし有島の「好調」な時代は、長続きしなかった。彼の創作活動は、大正九（一九二〇）年ごろから明らかな衰えがみられる。妻が死去して後、有島は社会活動家の神近市子《かみちかいちこ》、歌人与謝野晶子《よさのあきこ》、評論家の望月百合子《もちづきゆりこ》らと浮名を流したが、いずれも安定したパートナーとはならなかった。

有島の死が告げられた後、与謝野晶子は心を寄せた彼のために次の歌を詠んだ。

知りがたき過去と未来をわれもまた　前と後ろに置きて人恋ふ

このころ有島は知人の編集者に対して、「僕の力はもう終焉にきたのではないか」と訴えている。彼の著作の内容も、虚無的なものが多くなった。また当時さかんになっていた社会主義運動にも、自らの生き方を揺さぶられた。有島は私有財産否定の理念に基づいて、父親から相続した北海道の狩太農場を小作人に無償で分け与えた。

大正十一（一九二二）年になり、有島は個人雑誌「泉」を創刊した。これは作家として自分を立て直すための、必死の試みであった。

波多野秋子とともに、死に向かう旅に出たとき、有島の書斎には次の短歌が絶筆として残されていた。

世の常のわが恋ならばかくはかり　おぞましき火に身はや焼くへき

雲に入るみさこの如き一筋の　恋とし知れは心は足りぬ

有島が自殺に至るまでの経過をたどってみると、波多野秋子との情事は、自殺の原因というよりも、単なるきっかけに過ぎないように思われる。前述したように、波多野の夫は有島を死に追いやった極悪人のように言われることがあるが、これは有島側の言い分ばかりが伝わっているためで、事実とは異なる可能性も大きい。

有島と秋子の「恋愛」は、大正十一（一九二二）年の末ごろから始まっていたらしい。一時、有島は秋子と別れる決心をし、大正十二（一九二三）年の一、二月ごろには、秋子の夫も交えて話し合いがもたれたという。この章の冒頭に記したように、有島は秋子の夫から「脅迫」されていたように伝えられているが、これは誇張である可能性が大きい。

作家の永畑道子《ながはたみちこ》氏は、秋子の夫であった波多野春房について、彼の後妻を取材した結果を報告している。冷酷にも有島たちを心中に追いやったと世間から非難された春房は、余生を後妻の故郷である富山県高岡市で送っていた。その地で彼は、英語塾を開いていたという。春房は再婚してからも秋子のことが忘れられず、彼女の遺影を机の上に飾っていた。秋子の遺骨は春房のものとともに、現在でも波多野家の墓に葬られている（『夢のかけ橋　晶子と武郎有情』　永畑道子　新評論）。

有島は、「情事」とそれによるトラブルによって追い詰められて心中した――というのは正確ではなく、彼自身、死ぬきっかけを捜していたように思える。精神医学の観点からみると、おそらく大正十（一九二一）年ごろから、有島にはうつ状態が繰り返しみられていた。このころ彼のうつ病が発症したものと考えられる。当時の有島は、うつ病による思考や行動の抑制のため、思うように創作活動ができない状態が続いていた。創作をしなければならないという焦燥が、彼の病状をさらに悪化させたのであろう。

性格的にも、有島はうつ病に対する親和性がみられたと思われる。うつ病になりやすい人には、一定の性格的な特徴がみられることが、以前より指摘されている。九州大学の精神科教授であった下田光造は、うつ病患者の性格特徴として、几帳面、仕事熱心、凝り性、強い正義感、責任感などをあげた。これは「執着性格」と呼ばれるものであるが、有島にもかなり当てはまっている。現在の適切な精神科の治療を行えば、有島を自殺から救い、第一線の作家として復帰させることも可能であったかもしれない。

振り返ってみると、有島のうつ病は典型的な経過を示したように思われる。元来勤勉で生真面目な「執着性格」の人は、オーバーワークになりやすい。有島の場合も創作に行き詰まって以降、評論を執筆したり個人雑誌を創刊するなど無理な努力を重ねたが、その結果自らを追い詰めることとなった。うつ状態においては、思考や行動は抑制され、小説を執筆する活力は枯渇しているのである。

彼は自らの作家としての才能に絶望し、存在する価値さえないものとみなすようになった。波多野秋子との情事は、死に場所を求めていた有島に絶好の機会を提供したのだった。

第三章

芥川龍之介

一八九二〜一九二七（享年三十五）

あくたがわ・りゅうのすけ
明治二十五（一八九二）〜昭和二（一九二七）年

東京市京橋区入船町に、牛乳店などを経営する企業家の長男として生まれる。生後すぐ母が精神を病み、母の実家に預けられた。伯父の養子となり、旧家の士族、芥川姓を名乗る。東京帝国大学文科大学英文学科在学中に、菊池寛らと同人誌「新思潮」を刊行。処女小説は『老年』。卒業後、海軍機関学校で教鞭をとる傍ら短篇集『羅生門』『煙草と悪魔』刊行。教職を辞し、大阪毎日新聞社入社後、多数執筆。『芋粥』『蜘蛛の糸』『地獄変』『杜子春』『河童』『或阿呆の一生』など、短編小説が秀逸。●写真協力＝産経ビジュアルサービス

『宵待草』の〝天才〟

昭和四十九（一九七四）年に公開された『宵待草《よいまちぐさ》』という映画がある。監督が神代辰巳《くましろたつみ》、脚本が長谷川和彦という当時の映画界のエースたちによる作品である。

物語の舞台は大正時代、帝都・東京。

アナーキスト集団「ダムダム団」は、浅草六区の活動写真館の弁士である黒木大次郎を首領とし、十数名の仲間がいた。成金の息子である学生の谷川国彦も、彼らの一員になっていた。

物語は、ダムダム団が資産家令嬢誘拐事件を企てるが失敗してからの、国彦ら主人公三人による奇妙な逃避行の道筋を描いている。一方、他のダムダム団の面々は、政府要人のテロを企てるが、すべて失敗に終わり、逆に殺害されてしまう。

物語の冒頭、主人公の国彦は温泉場でヒロインの令嬢北条寺しのと、ビリヤードに興じるニヒルな中年男性、北天才《きたてんさい》と知り合った。北は国彦を芸者屋に誘い宴席で痛飲したが、そのまま姿を消してしまう。翌朝、しのと雪道を散歩していた国彦は、鉄塔で首を吊っている北を発見したのだった。

この北天才のモデルが、芥川龍之介である。

芥川は明治二十五（一八九二）年生まれ、大正二（一九一三）年に東京帝国大学文科大学英文学科に入学し、小説家を志した。翌年、彼は処女作である『老年』を「新思潮《しんしちょう》」に発表している。芥川が自殺したのは、昭和二（一九二七）年であり、まさに彼は大正という時代を駆け抜けた作家であったと言えるであろう。

芥川は東大在学中の大正四（一九一五）年に『羅生門《らしょうもん》』を「帝国文学」に発表し、この直後から夏目漱石の門下生になっている。翌年には、「新思潮」に『鼻』を発表し、漱石はこれを絶賛した。漱石亡き後の大正六（一九一七）年には、短編集『羅生門』を阿蘭陀《オランダ》書房から、同じく『煙草と悪魔』を新潮社から刊行し、新進作家としての地位を確実なものとした。

芥川と同時期に活躍した作家としては、菊池《きくち》寛《かん》、久米正雄、宇野浩二、他には白樺派の諸氏があげられるが、小説家としての才能、実績は芥川が飛び抜けていた。

アナーキスト

振り返ってみると、大正という時代は、軍事国家へと邁進していった昭和という時代の直前に存在した、不思議な空間と時間である。明治の末に起きた大逆事件にもかかわらず、この時代には、労働運動、社会主義運動が輝きを見せた。これが「大正デモクラシー」を推し進めた力であった。同時に文化的には、絢爛な「大正ロマンティシズム」が花開いた時であった。

奇妙なことのように思えるが、重苦しい「国家」という枷《かせ》が、この大正時代に一瞬だけはずされ、「自由」の空気が世の中を包んだ。『宵待草』の作者である竹久夢二《たけひさゆめじ》の絵画が、その象徴的な存在である。このような意味からは、アングラ文化が花開き、一時的にせよ、デモ隊が街や大学を占拠した一九七〇年前後と状況が似ていたのかもしれない。

しかし、世界革命の幻想が、公安当局に追いつめられた連合赤軍のコマンドたちの凄惨な仲間殺しとして終結したように、大正時代のアナーキストたちや、芸術家たちの末路も幸福なものとは言えなかった。

映画『宵待草』のダムダム団のモデルとなったのは、古田大次郎《ふるただいじろう》、中浜哲《なかはまてつ》らが設立したアナーキスト集団、「ギロチン社」である。ギロチン社では、狭いアジトの家に何人もの貧しいアナーキストの青年たちが共同生活をしていた。彼らは金がなくなると企業を回り、「リャク（強請）」によって資金を得た。ギロチン社のメンバーは福田雅太郎《まさたろう》大将ら要人のテロを計画し、青山墓地で爆発実験をしたこともあったが、実行に移す前に逮捕されてしまう。

このギロチン社の思想的な指導者であったのが、関東大震災において軍部に殺害された大杉栄《さかえ》である。芥川とともに、大正時代を象徴する人物の一人が大杉栄であるが、彼はまさにアナーキストのスターであった。

多少横道にそれるが、芥川の同時代人である大杉栄について説明を加えておこう。大杉栄の生涯には、大正という時代の「空気」が凝縮されているからである。大杉栄は明治十八（一八八五）年生まれである。父親が軍人であるため、彼も軍人を目指して陸軍幼年学校に入学した。ところが、学校になじめず、トラブルを繰り返し起こして、二年後に退学処分となっている。その後、大杉は一時エスペラント語を学んでいたが、やがて幸徳秋水《こうとくしゅうすい》、堺利彦《さかいとしひこ》らの平民社の思想に共鳴し、次第に社会主義運動の中心的な存在となっていく。

しかしながら大杉の本領は、このような主義主張にあるわけではない。彼のスキャンダラスな生き方が、短命に終わった「大正」という時代を表しているように思われる。大杉は妻堀保子《ほりやすこ》がありながら、後に戦後、衆議院議員となった社会活動家、神近市子と恋愛関係になる。ところがさらに自由恋愛を唱える大杉は、ダダイスト辻潤《つじじゅん》の妻、伊藤野枝《いとうのえ》も愛人にする。これに逆上した神近市子は、葉山にある老舗の料亭、日陰茶屋で大杉を刺してしまう。

その後、伊藤野枝と暮らし始めた大杉は生活に困窮していたが、そういう中でも、大正十一（一九二二）年には国際アナーキスト大会に出席するために、パリに向かって日本を脱出した。この旅については、彼の著書である『日本脱出記』に述べられている。出発の直前、資金の足りない大杉は、労働運動には無縁であった作家、有島武郎の家に乗り込んで旅費のカンパを受けていることも興味深い。

下町生まれ、発狂した母

芥川龍之介は、明治二十五（一八九二）年に東京市京橋区入船町《いりふねちょう》（現在の中央区明石町付近）において、父新原敏三《にいはらとしぞう》、母フクの長男として生まれた。父は牛乳販売業を営む耕牧舎の経営者であった。当時このあたりは築地外国人居留地の予備地で、その一隅に耕牧舎の建物があった。現在、耕牧舎のあった付近は、聖路加《せいるか》国際大学の敷地の一部になっている。

明治時代における有数の実業家であり、後に「日本資本主義の父」とも呼ばれる渋沢栄一の信頼を得ていた芥川の父敏三は、耕牧舎の販路を拡大するために、東京方面の販売責任者となり、築地入船町に本店を置いた。それから耕牧舎の事業は、順調に発展した。芥川の生まれたころは、敏三は業界の長老格となっていた。

耕牧舎についてもう少し説明を加えておこう。明治十三（一八八〇）年、日本の牧畜業が不振なのを憂慮した渋沢は、神奈川県から箱根仙石原に土地の払い下げを受けると、牧場を開き、牛乳販売に乗り出した。これが耕牧舎の始まりである。渋沢は、従弟の須永伝蔵《すながでんぞう》を責任者として開拓に着手した。

当初、渋沢らは牧羊場開設を目指したが、後に牛馬を放牧して草質を改良することとし、洋牛の牝の子牛三十頭、和牛三十頭あまりを購入して、酪農経営に転換した。火山灰による土壌の影響もあって、牧場の経営には困難が伴ったが、明治十四（一八八一）年には早くも宮ノ下に支店を開設するまでに至っている。

芥川の出生時、父四十二歳、母三十三歳の大厄の年の子であったため、旧来のいい伝えに従い、形だけの捨て子にされた。拾い親は、父の友人であった松村浅二郎であった。

不幸は突然、まだ幼い芥川の元を襲った。彼が生まれてわずか七か月後に、母フクが統合失調症（精神分裂病）を発症したのである。フクの突然の発病のために、幼い龍之介は、母の実家の芥川家に引き取られた。場所は本所区小泉町十五番地、現在の墨田《すみだ》区両国三丁目にあたる。

後に芥川は、母について次のように記している。

「僕の母は狂人だつた。僕は一度も僕の母に母らしい親しみを感じたことはない。僕の母は髪を櫛巻きにし、いつも芝の実家にたつた一人坐りながら、長煙管ですぱすぱ煙草を吸つてゐる。顔も小さければ体も小さい」

芥川本人の精神疾患の理解のためには、実母であるフクの病状について知りたいところである。しかし、彼女の病気については単に「発狂」とのみ記した資料しか見当たらず、どのような症状がみられたのか詳細は不明である。

発症後、フクは実家の二階に、死を迎えるまで閉居していた。ときどき思い出すように、キツネの絵を描くことが多かったので、祈禱師を呼んで狐つきを払うお祈りをしてもらったという。これらのことを考えると、彼女の病気が妄想症状を伴う統合失調症であることは確かなようである。しかし統合失調症の発症年齢が三十代というのは、異例とまでは言えないが、遅い発病である。

彼女の発症のきっかけとして、長女の死など心理的な要因をあげている文献が多い。しかし、これは誤りであると私は考える。統合失調症は、心理的、環境的な要因によって「再発」することはよくみられるが、「発症」することはないからである。おそらく、発症のきっかけとなったのは、出産である。今日でも出産後に統合失調症が発症することはしばしばみられ、「産じょく期精神病」と呼ばれている。

母の実家である芥川家は、代々お数寄屋坊主として殿中に仕えてきた家系である。お数寄屋坊主とは江戸幕府の職名で、若年寄に属し、幕府の茶礼・茶器のことをつかさどるのが役目であった。

その芥川家で、フクの兄芥川道章《みちあき》夫婦とフクの姉のフキによって芥川は育てられた。特に、フキは生涯独身で通し、母親代わりとなって芥川の世話をしている。このような家風であるため、芥川家は家族全員が文学や美術を好み、一家で芝居を見にいくことも多かった。養父となる道章は、南画、篆刻《てんこく》、俳句など多趣味の人であった。一家は一中節《いっちゅうぶし》を好み、家の中にしのびやかな三味線と唄の音色が響いてくることもよくあったという。

芥川は回向院《えこういん》の隣にあった江東尋常小学校付属幼稚園に通い、さらにその後は江東尋常小学校に入学した。小学校の入学時より、英語と漢学を家庭教師について勉強するという英才教育を受けている。

彼は幼少期より養家にあった草双紙類に親しみ、小学校入学後は、江戸文学や泉鏡花《いずみきょうか》などの近代文学を読みふけった。十歳のころには、同級生と回覧雑誌「日の出」を作成し、表紙絵や小作品を書いている。

神に対する復讐は、自分の存在を失ふこと

芥川龍之介ほど世間的な苦労をほとんど経験せずに、第一線の作家となった者は他に例をみないように思われる。

明治四十三（一九一〇）年、「多年成績優等者」として東京府立第三中学校を卒業した芥川は、第一高等学校に入学した。同級生には、菊池寛、久米正雄、山本有三《やまもとゆうぞう》、土屋文明《つちやぶんめい》など

の後の文豪たちが顔をそろえていた。一高時代の芥川は、江戸時代の浄瑠璃、小説から海外文学まで文学作品に没頭した。

大正二（一九一三）年、芥川は東京帝国大学文科大学英文学科に無試験で入学する。大学での講義は、あまり満足のいくものでなかったようである。彼は一高時代の友人であった井川（のち恒藤《つねとう》）恭《きょう》に対してしきりに孤独感、寂寥感を訴え、自分の人生の空虚さについて次のように手紙に記した。

顧みると自分の生活は何時でも影のうすい生活のやうな気がする。自分の烙印を刻するものが何もないやうな気がする。自分のオリギナリテートの弱い、始終他人の思想と感情とからつくられた生活のやうな気がする。　（『旧友芥川龍之介』　恒藤恭　河出書房）

大正三（一九一四）年、第三次「新思潮」が創刊され、芥川はこれに同人として加わった。五月号に小説『老年』、九月号に戯曲『青年と死と』を発表したが、これらが彼の本格的な処女作となった。

大正四（一九一五）年に『羅生門』を発表した芥川は、この年の十二月に、早稲田にあった漱石の自宅を初めて訪問した。以後木曜ごとに開かれていた漱石の弟子たちの集まり（木曜会）に参加するようになった。大正五（一九一六）年に創刊された第四次「新思潮」の創刊号に芥川は『鼻』を発表したが、これが漱石から絶賛され、文壇へのデビューを事実上果たした。

しかしこの成功の時期においても、前述したような芥川の寂寥感と苦しみは変わらず続いていた。次に示すのは、やはり井川恭への手紙の一節である。自殺をにおわすような発言もみられる。

僕は時々やりきれないと思ふ事がある。何故、こんなにして迄も生存をつづける必要があるのだらうと思ふ事がある。そして最後に神に対する復讐は、自己の存在を失ふ事だと思ふ事がある。僕はどうすればいいのだかわからない。

そのくせさびしくつて仕方がない。馬鹿々々しい程センチメンタルになる事がある。どこかへ旅行でもしようかと思ふ。何だか皆とあへなくなりさうな気もする。大へんさびしい。

（『旧友芥川龍之介』　恒藤恭　河出書房）

このような訴えは、芥川がうつ状態にあったとみるべきなのか、あるいは青年期特有の人生の悩みに過ぎないのか、判断は難しい。しかし、後にみられる芥川のうつ状態を合わせて考えると、この当時より同様の症状が散発していたと考えるのが適切かもしれない。

大正五（一九一六）年、すでに新進作家として注目されていた芥川は、東京帝国大学を卒業した。卒業論文は、「ウィリアム・モリスの研究」であった。その年の十一月、一高時代の恩師の推薦によって、横須賀にあった海軍機関学校の英語教師の職につき、鎌倉に下宿している。

時代背景

大正六（一九一七）年、芥川は単行本二冊を刊行し、新人作家として広く世に受け入れられた。大正七（一九一八）年には、幼馴染であった塚本文《つかもとふみ》と結婚し、新居を鎌倉に定めている。さらに大正八（一九一九）年には、大阪毎日新聞と社友契約を結び、経済的な安定も得られた上、創作に対する意欲も旺盛だった。後に海軍機関学校は退職し、大阪毎日新聞の社員となっている。

少し時間をさかのぼることになるが、大正三（一九一四）年に第一次世界大戦が勃発し、極東の日本もこれに巻き込まれた。イギリスがドイツに宣戦すると、日英同盟を理由に日本もドイツに宣戦し、中国における青島《チンタオ》、山東省、南洋諸島の一部などを占領した。

この時代は、戦火に揺れたヨーロッパの列強諸国に代わり、日本は戦略物資の生産拠点として貿易を飛躍的に増加させ、日本経済は空前の好景気となった。しかし大正七年に戦争が終結すると、景気は一気に悪化した。失業者は増加し、これが昭和初期の金融恐慌へとつながっていく。

政治的には、犬養毅《いぬかいつよし》と尾崎行雄《おざきゆきお》を中心に第一次護憲運動が繰り広げられたのが、大正二（一九一三）年のことである。さらに大正七（一九一八）年に立憲政友会の原敬《はらたかし》が首相となることで、大正デモクラシーは推し進められるように思えたが、大正十（一九二一）年に原首相は暗殺されてしまう。

さらに大正十二（一九二三）年の関東大震災が、暗い世相に追い打ちをかけた。震災のどさくさにまぎれ、前述したようにアナーキズムの中心的な存在であった大杉栄、伊藤野枝夫妻は軍部により殺害され、暗い軍国主義の時代へのイントロとなった。

文学界では、芥川のほかには、有島武郎や武者小路実篤、志賀直哉らの白樺派が活躍した。また中里介山《なかざとかいざん》の『大菩薩峠《だいぼさつとうげ》』の連載も始まり、大衆小説もさかんになっていった。さらに大正十（一九二一）年には、小牧近江《こまきおうみ》らによって雑誌「種蒔《たねま》く人」が創刊された。これは、昭和初期にかけてプロレタリア文学運動に発展していく。活動写真と呼ばれた映画が一般的になったのも、この時代のことである。

変調――「うつ病」と「神経衰弱」

芥川に精神的な変調がはっきりとみられたのは、大正十（一九二一）年に中国旅行より帰国したころからである。旅行中は胸膜炎《きょうまくえん》となり、三週間ほど上海の病院に入院しなければならなかったが、帰国してからも体調がすぐれない状態が続き、この年は旅行記以外には、ほとんど作品を発表できなかった。

特に不眠症は深刻で、睡眠薬が手放せなくなった。クスリの処方は、主として主治医の下島医師からなされていた。それに加えて、後に友人であった歌人の斎藤茂吉《さいとうもきち》の診療も受けている。気分がすぐれず考えがまとまらないため、小説の筆が進まないことが多かった。食欲がない上に、胃腸の不調など身体的な症状もひんぱんに訴えた。

これらの症状は今日の精神医学の目でみれば、「うつ状態」あるいは「うつ病」と考えるのが適当であろうが、当時はこうした状態を「神経衰弱」と称していた。芥川自身も自分の病気を神経衰弱と述べている。

神経衰弱とは、医学用語としては、曖昧な用語である。本来の意味は、過労の結果としてみられる心身の疲弊状態をさす。疲労感が強いことに加えて、集中困難、不安焦燥感、憂うつ感、不眠などが出現する。さらに口数が少なく行動も不活発となり、引きこもりがちとなることが多い。

神経衰弱は一過性の「状態」であり、「疾患」そのものではない。従ってしばらく経過をみれば神経衰弱が治癒することもあるが、逆に悪化して統合失調症などに進展することもみられた。精神科の臨床場面では、「神経衰弱」という病名を、「統合失調症」の代わりに用いることがよく行われていた。診断書などに書く病名として、統合失調症でなく、神経衰弱を用いていたのである。

大正十一（一九二二）年に芥川は、『芋粥《いもがゆ》』『将軍』など六冊の単行本を刊行しており、一見して執筆活動は順調であるように見えた。ところが実際は、「神経衰弱、胃痙攣《けいれん》、腸カタル、ピリン疹、心悸《しんき》昂進《こうしん》などで小説どころではない」という状態であった。

その後彼の健康状態は年ごとに悪化がみられた。とくに不眠症は重症であった。環境を変えればと、大正十五（一九二六）年には、湯河原や鵠沼《くげぬま》海岸に滞在したが、体調の好転はみられなかった。妻子とともに湯河原の中西旅館に滞在したときには、かえって体調を悪化させ、一泊で宿を後にしている（『追想　芥川龍之介』　芥川文　中央公論新社）。

翌朝になり、部屋の窓をあけると、さわやかな朝の空気と共に、まわりの新緑が、あけた窓の面積の幾倍もの面積にひろがり、目の中に飛びこんできました。もちろん、せせらぎの音も幾倍もの音になってきこえて来ます。思わず声をあげたくなるような、それは考えも及ばない自然の圧迫でした。神経の疲れと、体力の消耗のはげしい主人には、それはあまりに強い刺戟のようでした。そして看護疲れの私にも強すぎる、緑のあらあらしさでした。

この時期、田端の自宅より、鵠沼での滞在が長くなったが、精神状態も体調もなかなか改善が示されなかった。次に示すのは、当時、芥川が書いた手紙や手記の一節である。うつ状態が続き、自殺について常に考えていたことがうかがえる。

「多事、多病、多憂で弱つてゐる。書くに足るものは中々書けず。……くたばつてしまへと思ふ事がある」

「鴉片エキス、ホミカ、下剤、ヴェロナアル。—薬を食つて生きてゐるやうだ」

「薬品を用ひて死ぬことは縊死することよりも苦しいであらう。しかし縊死することよりも美的嫌悪を与へない外《ほか》に蘇生《そせい》する危険のない利益を持つてゐる」

次の芥川の手紙は、彼が明らかにうつ状態にあったことを示している。

僕の頭はどうも変だ。朝起きて十分か十五分は当たり前でゐるが、それからちよつとした事（たとへば女中が気がきかなかつたりする事）を見ると忽《たちま》ちのめりこむやうに憂鬱になつてしまうふ。新年号をいくつ書くことなどを考へると、どうにもかうにもやり切れない気がする。

大正十五（一九二六）年の一月からは、芥川は何度か斎藤茂吉を青山脳病院に訪ね、診察を求めている。茂吉の日記には次のような記載がある。

午後三時過ぎに芥川氏来る。診断をする。神経衰弱と胃病とがある。いろいろの「内憂外患」とがあると云つて弱つてゐた。いろいろ気になるし、どうも痩せてゐた。

薬物自殺

晩年の芥川には、幻覚の症状も出現していた。『鵠沼雑記』には、松林の中の白い西洋館が歪んで見えたり、前を歩いていた白い犬が曲がり角で急に振り返ってニヤリと笑うなどの記載がみられ。知人に宛てた手紙には、「往来にて死にし母に出会ひ」という幻視を思わせる出来事が述べられている。

次に示す一節は、統合失調症でみられる妄想気分（周囲のあらゆる物事が不気味に思え、強い恐怖感を覚えること）を示しているようである。

その鋭い竹の皮の先が妙に恐ろしくてならなかつた。その恐怖は子供とすれ違つた後も、暫くの間は続いてゐた。（『鵠沼雑記』）

大正十五（一九二六）年の十二月に大正天皇は崩御し、短い昭和元年が終わり、重く沈んだ昭和二（一九二七）年がやってきた。景気は悪く失業者で街は溢れ、間もなく金融恐慌が訪れようとしていた。つかの間の大正ロマンの時代は、あっという間に姿を消した。

この年、精神的に行き詰まった芥川は、いつも自殺することばかり考えるようになった。七月には、妻の女学校時代からの友人である平松麻素子《ひらまつますこ》と帝国ホテルで心中することを約束する。実際に芥川は帝国ホテルに行き、大量の睡眠薬を飲んだ。しかし平松には自殺をする気はまったくなく、事の経緯を急遽芥川家に知らせたため、大事に至ることはなかった。

芥川は平松とは恋人関係にはなかった。単なる顔見知り程度の間柄であった。このエピソードは、行きずりの女性と何度か心中を試みた太宰治のエピソードと類似している。

芥川は手記の中で、自殺について次のように述べた。

僕は度たび自殺しようとした。殊に自然らしい死に方をする為に一日に蠅《はえ》を十匹づつ食つた。

僕の第一に考へたことはどうすれば苦《くる》しまずに死ぬかと云ふことだつた。縊《い》死《し》は勿論この目的に最も合《がっ》する手段である。が、僕自身の縊死してゐる姿を想像し、贅沢にも美的嫌悪を感じた。

この前後、芥川の周囲には、凶事が立て続けに起きていた。これらはただでさえ弱っていた芥川の神経をすり減らした。昭和二（一九二七）年の冬、姉ヒサの嫁ぎ先の家が火災にあったが、姉の夫である弁護士、西川豊が放火の嫌疑をかけられて警察に勾留された。ところがその後、西川は自分は無実であると、千葉県で抗議の鉄道自殺を遂げてしまう。このため芥川は、姉一家の借金や生活の面倒をみるために奔走しなければならなくなった。

また、講演会の依頼も断りきれず、大阪や東北地方などに出張したが、これも衰弱した芥川の身体にはこたえた。さらに、友人である作家宇野浩二が進行麻痺によって精神に変調をきたして精神科病院に入院したことにも、芥川は衝撃を受けた。
昭和二年七月二十四日の深夜、田端の自宅において、芥川は致死量の睡眠薬を服用して自殺を遂げた。枕元には聖書が開いたままになっており、夫人や子供たち、友人などに宛てた遺書も置かれていた。翌二十五日の各紙朝刊は、芥川の自殺を大きく報道している。自殺に用いられた薬物は、「ヴェロナール」および「ヂエアル」と伝えられている。これらはバルビツール系の睡眠薬で、現在は販売されていない。当時の新聞は、芥川の死を次のように伝えた。

　氏は同夜深更一時半頃まで二階にあって原稿紙にしきりに何事か書き続けていた。ふみ子夫人（二十八）は三男也寸志（三つ）を抱いて先に下座敷に就寝したところ、午前六時頃に芥川氏が傍らの床の中で苦悶しているのに気づき、驚いて呼びつけたがすでに答えなく、大騒ぎとなって田畑三四八のかかりつけの医師下島勳氏を呼んだ時にはすでに絶命していた。

（東京日日新聞　昭和二年七月二十五日）

自殺に用いた薬物については、作家の山崎光夫氏が疑義を唱えている（『藪《やぶ》の中の家　芥川自死の謎を解く』山崎光夫　中央公論新社）。たんねんな取材に基づいて氏は、睡眠薬に依存し毎晩多量の薬物を服用していた芥川は睡眠薬では簡単に死に至るとは考えられないこと、もし多量の薬物を服用した場合、嘔吐などの症状がみられたはずであることを述べ、芥川が自殺に際して睡眠薬を用いたという通説を否定した。

山崎は、芥川の用いたのは青酸カリではなかったかという仮説を提唱している。しかしこれについても、すんなりとは受け入れられない部分がある。青酸カリの入手先が特定できないことはもちろんであるが、もし青酸カリを服用したのであれば、即死に近い状態となるはずで、夫人が発見した状況と合致しない点があるからである。

診断——統合失調症か？　うつ病か？

三十五歳の短い生涯を自らの手で終わらせた芥川は、どのような精神疾患に罹患していたのであろうか。この問題は、長い間諸家を悩ませてきた。

これまでの説としては、統合失調症、あるいはその関連疾患だというもの、神経症圏の疾患とするもの、薬物の依存症状とする説などがある。自身が精神科医でもある作家の北杜夫《きたもりお》は、芥川の病名について次のように述べた。

私は極めて強い分裂気質からくる不安神経症の昂じたものか、或いは歯車を幻視とも思い分裂病の境界線上のものとも考え、芥川賞のときの挨拶で、「もし現在の薬があったなら、氏は死ななくて済んだと思う」と述べた。

確かに一見したところ、芥川には分裂病（現代でいう統合失調症）を示唆する精神症状がみられることは確かである。幻聴や幻視が散発し、被害妄想と思われる訴えもみられる。強い不安感、恐怖感はこの疾患の初期に特徴的なものだ。

しかしながら、このような病的な症状は他にも説明が可能である。つまり芥川が服用していた多量の睡眠薬の副作用によっても、幻覚や妄想が出現することがある。一般に幻視は、統合失調症ではよくみられる症状ではない。芥川の場合は、薬物中毒による軽度の意識障害がもたらしたものと考えられる。

あるいは芥川の母が統合失調症に罹患していることから、芥川も同じ疾患を発病したと類推する向きもあるのかもしれない。統合失調症の一般人口における有病率は、約一％である。親が統合失調症に罹患していると、子供が発症する割合は約一〇％と高くなる。しかし逆に言えば、残り九〇％は統合失調症を発症しないわけで、この病気の遺伝的な規定は一般に考えられているほど強いものではない。

統合失調症とその類縁疾患を否定する理由は他にもある。一般に統合失調症は、その経過の中において、次第に人格的な崩れが目立つようになり、社会適応が困難になってくる場合が多い。ところが芥川の場合、心身ともにかなりの不調な状態であったにもかかわらず、文芸作品の発表はコンスタントに行っているし、晩年に至るまで出版社の講演会などもこなしていた。こうした点から、私の考えとしては統合失調症の可能性は低い。

それでは、芥川の病気はどう考えればよいのか。彼の経過を素直に見るならば、一番あてはまるのは「うつ病」であろう。本章に記載したように、学生時代より芥川は寂寥感、孤独感にとらわれやすい傾向がみられた。ただ本格的にうつ病が発症するのは、大正十（一九二一）年の中国旅行からの帰国以後のことである。

芥川自身は彼の状態を神経衰弱と呼び、精神科医である斎藤茂吉の見立ても同様であった。しかし前述したように、この「神経衰弱」という病名は曖昧な用語であり、あまりこの言葉にこだわらず、彼の症状を検討していくことが必要である。

芥川には主要な症状として、憂うつさ（抑うつ気分）と意欲の低下がみられ、これは現在の「うつ病」の診断基準に一致する。さらに睡眠障害、食欲不振、全身の倦怠感とさまざまな身体症状がみられる点についても、うつ病による症状と考えると納得できるものがある。さらに希死念慮が持続してみられ、自死によって命を絶ったことも、うつ病という診断を支持する。

北杜夫は、抗精神病薬を想定して今日の薬があれば芥川を助けられたかもしれないと発言したが、むしろ芥川に必要であったのは、抗うつ薬だったと思われる。

第四章

島田清次郎

一八九九〜一九三〇（享年三十一）

しまだ・せいじろう

明治三十二(一八九九)〜昭和五(一九三〇)年

石川県石川郡美川町で生まれる。父を早く亡くし、金沢市内の茶屋町で飲食業を営む母の実家で育つ。金沢の中学から、東京の明治学院に転入するが、経済的な問題で金沢にもどり、母と金沢の貧民街で暮らす。当時から「中外日報」で執筆。自伝的小説『地上』が新潮社から刊行され、大ベストセラーに。「島清」という略称でも呼ばれた。『地上』は第四部まで出版。『改元』はその続編。戯曲集『革命前後』や、評論集『勝利を前にして』も執筆。自伝的長編小説『母と子』は未発表に終わる。

●写真協力=産経ビジュアルサービス

忘れられた天才

大正八（一九一九）年と言えば、第一次世界大戦が連合軍の勝利によって終了した翌年にあたり、敗戦国であるドイツとヴェルサイユ条約が締結された年である。日本はイギリスの要請によって連合国側について参戦し、ドイツのアジアにおける権益をほぼ手中におさめた。さらに、新設された国際連盟の常任理事国の地位まで手に入れている。

この年のベストセラーの第一位となった小説が、島田清次郎による『地上』であった。清次郎はこの後引き続き『地上』の続編を書き続け、それらもたいへんな売れ行きを示した。同じ時期に評判となった小説と言えば、他に有島武郎の『或る女』や島崎藤村の『新生』などがあげられるが、清次郎はこれらの文豪と肩を並べていたのである。

しかし、清次郎の栄華はわずかな期間しか続かなかった。後に述べるスキャンダルによって、彼はジャーナリズムから追放された状態になり、さらに精神を病み、入院先の精神科病院で短い一生を終えた。

ベストセラー作家であったにもかかわらず、窮地に陥ったとき、清次郎を救おうとする人物が現れなかったのは、彼の普段の言動が原因だったのかもしれない。十代のころから、清次郎は自らを「天才」あるいは「革命者」と自認し、周囲に対する傲慢な態度を変えようとしなかった。その派手な物言いは多くの人々を引きつけたが一方で、また反感や嫉妬も招いていたのである。

清次郎の評伝である『天才と狂人の間』（河出書房新社）を執筆した杉森久英《すぎもりひさひで》氏さえ、清次郎に対する視線はどこか辛辣である。


島田清次郎が自分自身を天才だと信ずるようになったのは、彼があまりにも貧しくて、父親もなく、家もない身の上だったからにちがいない。

白濁のある細い目に湛えた異様な光が、何か人の心を掻き乱す邪気のようなものを帯びていて、彼の生涯につきまとう不吉なものを予想させるのであった。

（『天才と狂人の間　島田清次郎の生涯』　杉森久英　河出書房新社）


確かに、時代の風潮が清次郎を実力以上に後押しした面は少なからずあった。日清、日露戦争に続いて、さらに第一次世界大戦にまで勝利した日本国内は戦勝気分でわきかえっていた。庶民は大衆的なヒーローを待ち望んでいたのであり、わずか二十歳でさっそうと文壇にデビューした清次郎は、はまり役であった。

さらにこの大正の後期は、明治維新の時代とその後に続く昭和の軍国時代のはざまにあるエアポケットのような時代であった。政治的には大正デモクラシーの時代であり、文化的には大正ロマンティシズムが息吹《いぶ》いていた。

大正デモクラシーによる政党政治は軍国主義によりけちらされ、テロルの時代に突入していく。原敬首相が凶弾に倒れ、最後の元老と呼ばれた西園寺公望《さいおんじきんもち》までも右翼につけ狙われた。いっとき盛んになった社会主義運動や労働運動も、関東大震災（大正十二／一九二三年）後の、軍部による大杉栄、伊藤野枝夫妻の虐殺により幕を下ろされる。

政治の世界の混沌と同じように、大正後期の文化は、短い時間ではあったが、妖艶なあだ花のように咲き誇った。島田清次郎は、竹久夢二や有島武郎、あるいは島村抱月《しまむらほうげつ》と松井須磨子《まついすまこ》らとともに、この大正ロマンを体現した一人であったと言うべきであろう。

花町の神童

島田清次郎は、明治三十二（一八九九）年に、石川県の美川《みかわ》で生まれた。金沢市近郊の港町である。清次郎の父は回船業を営んでいた。彼は自ら船頭として船に乗り、北海道から鰊《にしん》や昆布《こんぶ》、若狭《わかさ》、丹後《たんご》地方から消石灰を運び、近隣に売りさばいていた。

父は清次郎が生まれてすぐ亡くなり、残された親子は母みつの実家に引き取られた。母の実家は村の庄屋を務めた地域の名家であった。清次郎がまだ幼児であったとき、母方の祖父は実家の財産を処分して金沢に芸者屋を開いた。清次郎親子もこれに伴い、金沢に移り住んでいる。

母は店のお抱えの芸者たちの着物の世話をしながら、清次郎を近くの野町《のまち》小学校に通わせるようになった。清次郎は学校の成績がずば抜けてよく、神童と呼ばれている。

清次郎が中学に進学して間もなく、祖父が米相場で失敗して芸者屋の経営が苦しくなり、これ以上清次郎を中学に通わすことが難しくなった。このとき、ある実業家が清次郎の才能を惜しみ、東京の高輪《たかなわ》に引き取って明治学院普通部に転入させてくれたのである。しかし東京での生活は長続きしなかった。実業家と衝突した清次郎は再び金沢にもどり、叔父の元に身を寄せることになった。

その後しばらくして、清次郎は叔父の勧めに従い、商業学校に入学した。しかし商人にも勤め人にもなるつもりがなかった清次郎は簿記や数学などの実学を放棄し、哲学や文学の読書に耽ったのである。

このころ、鬱屈した気持ちを胸にためていた清次郎は、次のような大げさな文章を自らのノートに書き綴っている。

人類の征服者、島田清次郎を見よ！

十代の清次郎は、自らの置かれた状況は不当であるといつも感じていた。そのため、同級生や教師に対する態度は傲慢となった。こうした清次郎の態度は、生来の性格的な問題であったと非難されることが多いようである。あるいは、後に発症した統合失調症と結び付けられることもある。しかしながら、才能のある若者が世の中になかなか認められないとき、凡庸な周囲の人々にとげとげしく接することが、あるいは不遜に見えることはしかたのないことのように思われる。

このような苦しい状況のとき、清次郎は暁烏敏《あけがらすはや》という宗教的指導者の知己を得た。暁烏は、親鸞《しんらん》の思想を一般大衆に広めたことで知られており、雑誌「精神界」を創刊し全国各地で公演して歩いた。宮沢賢治も一時、彼の思想に共鳴したことが知られている。

暁烏は、清次郎の叔父の知人であった。清次郎は金沢近郊にある暁烏の自宅に入り浸たるようになったが、ここでも横柄な態度を変えなかった。清次郎は突然やってきて何日も泊まり込んだり、勝手に書籍を取り出して傍線を引いたりもした。台所に行き、もっとご馳走を食べさせろと文句を言うこともあった。

暁烏に対する清次郎の態度もしばしば傲慢であったが、暁烏は清次郎に対して心優しかった。次の文章は、『地上』の出版時のものである。

島田清次郎君。大作『地上』は第一篇新潮社から出版せられました。きび〳〵したよい筆で私共と通うた考を表現した長篇の小説であります。同君はまだ二十一歳の青年です。先日講習会に来て話しました。その折彼は、「今夜誰の話をきかなくても私の話さへきいたらよいのです」と言ひ、「私は話せと言はれてもめつたに話したことはありませんが、今夜は話したくなつて話します。諸君は今夜私の話を聞くのは幸福です」とやりましたので、皆があまりのその自信のある言葉にドット笑ひましたが、私はその痛ましい真実の叫びに同感をしました。『地上』もこの調子で書かれてあるのです。代価は一円二十銭。東京の新潮社の出版です。

(『暁烏敏全集　第三部二巻』香草舎)

哲学や文学にのめり込んだ清次郎であったが、商業学校ではうまく振る舞えなかった。結局、成績不良な上に弁論大会で校長を弾劾した清次郎は、退学しなければならなくなり、叔父からの学費も打ち切られている。

この当時の金沢では、文学に対する取り組みがさかんに行われるようになっていた。この動きを牽引したのは、金沢出身の詩人である室生《むろう》犀星《さいせい》と歌人尾山《おやま》篤二郎《とくじろう》である。この二人に触発されるようにして、多くの同人誌が刊行されるようになった。清次郎もいくつかの同人誌に作品を発表している。

『地上』――スター誕生の瞬間

商業学校を退学した清次郎は、自活のために自ら働かなければならなくなった。彼は、株式新聞の編集者、洋品店の使用人、新聞の発送係などの仕事についたが、自分がいるべき場所ではないという気持ちが強く、どれも長続きしなかった。金沢で母子二人は、町はずれの小屋に住み、母の裁縫でようやく生計を立てていた。清次郎は外で働くことをあきらめ、創作に没頭した。後にベストセラーとなる『地上』の原型となる作品である。

小説を書き上げた清次郎は自らの作品を、北国新聞、石川新聞などに持ち込んだが、どこにも相手にされなかった。このような苦しい時期に助け船を出してくれたのが、暁烏である。彼は清次郎を旧知であった「中外日報」の社主である真渓涙骨《またにるいこつ》に紹介してくれた。

真渓涙骨は、福井県敦賀《つるが》市の浄土真宗本願寺派寺院に長男として生まれた人物である。京都西本願寺の普通教校（現、龍谷大学）に十六歳で入学するが間もなく退学し、その後各地を遍歴した。明治三十（一八九七）年には、宗教界の革新を志し、京都で宗教新聞「教学報知」を創刊したが、後にこれを「中外日報」と改題し、一般紙に近い宗教文化紙に改変した。

中外日報は、現在も刊行が続けられている。

大正六（一九一七）年、清次郎の小説『死を超ゆる』が中外日報に連載された。小説の評判はよかったが、これがすぐに収入に結びつくものでもなく、生活の糧を得るため、大正七（一九一八）年に清次郎は石川県鹿島《かしま》郡の臨時の事務職員となった。しかしここでも彼の態度は相変わらずであった。同僚や利用者に対して、相手を威圧するように睨んだり、顎《あご》であしらうようなことがひんぱんにみられたのである。

清次郎に転機が訪れたのは、同年の末のことであった。小説を連載してくれた中外日報が彼を記者として採用したのである。十分な給料が貰《もら》えて待遇の良い仕事であったが、清次郎はここでも先輩の記者に無礼な振る舞いをした。さらに新聞記者としての仕事については、「そんなつまらないことをするために入社したのではない」ときちんと働こうとしなかった。

この様子を見た社主の真渓涙骨は、「中外日報は規模が小さく、君にふさわしい場所ではなかった。東京に出て、中央の文壇で雄飛してくれ」と幾らかの金を与えて事実上のクビにしてしまった。清次郎は社主の意図に気がつかず、生田長江《いくたちょうこう》宛ての紹介状を持って勇んで上京した。これが思いもよらぬ幸運を招く結果となる。

生田長江は鳥取県日野郡出身の翻訳家、評論家で、ニーチェの『ツアラトゥストラ』等の翻訳のほか、多くの著作を残した。佐藤春夫、平塚らいてうは、彼の門下の出身である。

生田長江の推挙によって、清次郎は文壇の第一線に出ることが可能となった。生田は次のように『地上』を称賛し、新潮社へ紹介してくれたのである。

君の原稿はたしかに読み、感激に一夜眠れなかった、かかる傑作に接すると自分は、何のためにこれまで文学をやって来たかと反省し、君より年長でありながら碌碌《ろくろく》として後世に残る仕事もなし得ない自らを愧《は》じるばかりである。自分は今こそ、若き日のドストエフスキーを最初に見出したペリンスキーと同じ感激にひたっている。

まさに大絶賛である。新潮社では賛否は半ばしたが、社長の佐藤義亮《よしすけ》の決裁により出版が決まった。『地上』が世に出たのは、大正八（一九一九）年六月である。新聞に掲載された広告は、次のように記載されていた。まさにスター誕生の瞬間であった。

未だ何人をも知らず、何人にも知られざる一作家が、何等の前触れもなく文壇の一角に彗星の如く、奇襲者の如くして現れた。

前述の生田長江は読売新聞において、次のように述べている。

そこには、バルザック、フロオベエルの描写が、生活否定があり、ドストイエフスキイ、トルストイの主張が、生活肯定があり、ブルゼエの心理学があり、ゾラの社会学があり、そのほかのなにがありかにがあり、殆《ほとん》どないものがないのである。

傲慢な孤独者

清次郎の『地上』は思いもよらぬ大絶賛をもって迎えられ、大ベストセラーとなった。地元金沢に帰ったときは、清次郎は凱旋《がいせん》将軍のようであった。仕立てのよい服を着こみ、ボヘミアンネクタイをひらひらさせ、流行の形に平たく押しつぶした黒い帽子をかぶっていたという。

清次郎の作品は一般大衆だけでなく、思想家や社会運動家などの広い支持を得ることができた。その一人が、社会主義者であった堺利彦である。彼は次のように『地上』を称賛した。

著者の中学校生活、破れた初恋、母と共に娼家の裏座敷に住んだ経験、或る大実業家に助けられて東京に遊学した次第、其の実業家の妾との深い交はりなど、悉《ことごと》く著者の「貧乏」という立場から書かれた、反抗と感激と発憤との記録である。

他にも当時の有力な評論家であった長谷川如是閑《はせがわにょぜかん》と徳富蘇峰《とくとみそほう》も『地上』に賛辞を送っている。このように幅広い支持を得た清次郎は、時代の寵児となった。清次郎の元には原稿の注文が殺到し、彼は『地上』を第四部まで書き続けたが、これらはいずれもベストセラーとなった。さらに彼は改造社などからも単行本を出版している。

作家となった清次郎であったが、次第に誇大的な言動が目立つようになる。これらは彼の生来の素質によるものなのか、あるいは後に発症する統合失調症の前駆症状であったかについては、はっきり判断はできない。『地上』がベストセラーとなり、清次郎の不遜な態度はさらに昂じた。彼は自ら「精神界の帝王」「人類の征服者」と豪語し、文壇では嫌われ、揶揄《やゆ》する声も多くなった。反発の声に対して清次郎は、エッセイ『閃光《せんこう》雑記』で次のように誇大的に述べている。

「日本全体が己れに反対しても世界全部は己れの味方だ。世界全部が反対しても全宇宙は己れの味方だ。宇宙は人間ではない、だから反対することはない。だから、己れは常に勝利者だ」

「人類十七億、ことごとく死物で、私一人が生きてゐて、怪物の名をほしいまゝにするのは、ちと、身に過ぎた贅沢のやうな気もする。ハハ」

ところが『地上』の大成功の中で、清次郎は同時に無力感にかられることも少なくなかった。ベストセラー作家になった清次郎は、多くの人々が揶揄したように単なる目立ちたがりの一発屋ではなく、自らの人生経験や教養がまだまだ不十分であることを自覚していた。次に示すのは読売新聞に述べた彼の述懐であるが、これは彼の本心を述べたものであろう。

自分はもう四五年は沈黙してゐたかつたのである。もう四五年潜める竜でありたかつたのである。そしてこつこつ、図書館通ひや、山川の跋渉《ばつしょう》や、諸国の遍歴に自身を養ひたかつたのである。自分は家もなく資産もなく、只有るものは燃ゆる大志のみであつた。
(『勝利を前にして』 島田清次郎　改造社)

すでにこの当時より、清次郎は、得体の知れない強い不安や焦燥感がしばしば彼を襲うことを自覚していた。何か大きな熱風のようなものに巻き込まれ、おそろしい速さで、どこかへ運ばれて行くような気がした。このため彼に心休まる時間はわずかしかなく、狂おしい心のままに海外の思想書や哲学書を読み漁ったかと思うと、一時の放蕩に身を任せることになる。

　また、清次郎は自分の感情が苛立たしくなりやすいことを自覚していた。さらに気分の変動が激しく、快活な時期と憂うつな時期を繰り返すことも多かった。このような気分の変動は、後の統合失調症の発症を示唆するものであろう。さらに成功の頂点にいたにもかかわらず、彼はしきりに寂しさを訴えた。

　自分が遂に一個の生活破産者であることをしみじみ考へる
　深夜、嵐の音のみすさまじ
　ひやうし木の音
　今後の生活法に就いて、どうしたらよいのかとつくづく思ふ

　しかし、同時に彼は以前と変わらずに虚勢をはり傲慢であり続けた。金沢時代の後輩の学生に会ったとき、「お母さんもさだめしお喜びでしょう」と聞かれると、それに対して、「母は、僕がどれくらい偉くなったかを、よく知らないだけに可哀そうなものです。じっさい、総理大臣よりも偉くなったんですがねえ」と真顔で答えたりもした。

次の文章には、清次郎の孤高であるとともに傲慢でもあった心情がよく現れている。

ひとり寂しく寝ながら、いろいろと考へた挙句、結局は、一人の大文学者としての生活をはなれられぬのかもしれぬとも考へてみた。……この辺の気持の分る人間は日本には人人もゐさうもない、といつて、外国にだつてさうめつたにゐるわけもない。一たい今の世界には余り大した人間がゐないとつくづく思う。それとも、古から、やはり今の様であつたのかもしれぬ。淋しい淋しい。（『勝利を前にして』島田清次郎　改造社）

妻の監視と洋上の接吻

『地上』の売れ行きは衰えず、島田清次郎は文学青年たちの憧れとなった。清次郎はそれまでの日本にはなかったスケールの大きい作家であり、格調高い文章は多くの人々を魅了したのである。しかし、清次郎の不遜な振る舞いは、次第に多くの人々を敵に回すことになった。

次の文章は、旧友である橋場忠三郎からの手紙の概略である。

君は少年時代から自尊心が高くて、僕とやり取りする手紙でも、君の名前の下につける敬称は「兄」か「様」でなければ承知せず、「君」で呼びかけたりすると機嫌が悪かった。青年になると、それが昂じて、益々《ますます》病的で不自然となった。最初は有り余る稚気から生まれ、途中は境遇の為《た》め反抗的に増大した自信と傲慢とであるが、この際速やかに手術せざるに於《おい》ては、終世の禍根ともなろう。

また次に述べるエピソードは、清次郎と新潮社社長の佐藤義亮とのやり取りである。佐藤が『地上』の売れ行きについて、謝辞を述べた。それに対して清次郎は次のように答えたという。

「もしかするとこれは、政友会が買い占めをやってるのかもしれませんね」

なぜ政友会が買い占めをするのか尋ねると、清次郎は次のように真顔で答えた。

「それはですね、きっと、国民に『地上』を読ませたくないからですよ。つまり、いま日本で一番国民の人気を集めているのは、政友会総裁の原敬と、この島田清次郎でしょう」

「政友会としては、国民の人気がこれ以上島田清次郎に集まると、原敬の政治的地位が危うくなってくる。彼の地位を守るためには、国民に『地上』を読ませないに限る……
それでせっせと買い占めをやっているに相違ありません」

大正十一（一九二二）年一月、清次郎は山形県の資産家の娘であった小林豊子《こばやしとよこ》と結婚した。豊子は清次郎のファンで文通から交際が始まったが、清次郎はほとんど拉致するようにして彼女を東京に連れて行ったのである。

しかし、二人の結婚生活は幸福とは言えなかった。清次郎は絶えず妻の体を求めるだけでなく、監視することを怠らなかった。彼女が髪結いに行っても、自分で迎えに来た。御用聞きと話していても、なれなれしいと疑った。さらに清次郎は妻に対して暴力を振るうことも珍しくなかった。このころ清次郎には、嫉妬妄想的な傾向が現れていたように思われる。

こうした状態の中、同年四月、清次郎は横浜から船で海外に旅立って行った。それを契機に妻は実家にもどり、妊娠していたにもかかわらず、そのまま清次郎とは縁を切り二度と会うことはなかった。

アメリカに向かう船の中で、清次郎は金沢出身の外交官夫人に言い寄り、強引にキスをしようとしたが、はねつけられた。この事件は新聞記事となり、清次郎の評判が地に落ちるきっかけとなった。そんなこととも知らぬ清次郎は、サンフランシスコ、ロサンゼルス、ワシントンと旅を続けた。

彼の傲慢な態度は相変わらずで、「アメリカなんか歴史の浅い国で、碌《ろく》な文学が生まれない」などと平気で言い放った。それでも清次郎は、ハリウッドの映画俳優早川雪洲《はやかわせっしゅう》やクーリッジ大統領との面会を果たしている。その後彼はアメリカを後にして、ニューヨークからロンドンに向かった。

この清次郎の洋行は元々、皇太子裕仁《ひろひと》親王（昭和天皇）の外遊に清次郎が触発されて計画したものであった。清次郎は洋行中、自らをプリンス・シマダと呼び、地上の帝王に対して、自分を精神界の帝王であると豪語していた。ロンドンで彼は国際ペンクラブの会員になることができた。

彼が帰朝したのは、同年の十二月である。清次郎自身は人類のため、日本民族のため山のようなことをしなければならないと決意を新たにしていたが、世間の風向きは変わっており、清次郎の姿勢を嘲笑するものが多数みられるようになっていた。特に新しく創刊された「文藝春秋」は清次郎に手厳しく、次のように揶揄がたびたび掲載されるようになった。

島田清次郎帰朝して尚本心に帰らざる事

帝王か馬鹿か低脳かこれやこの知るも知らぬも逢坂の関

一人若き天才あり。地上の余沢を以て海上に出で、太平洋上波に浮かれて某夫人に火の接吻を強要す。鴆豆を食らふと雖も洒々落々、妄想は妄想を生みて世界征服となり、恋の優者は更に雄図を西欧の空に望みて遂に我れ世に勝てりとなす。

スキャンダル

島田清次郎の凋落が決定的となったのは、あるスキャンダラスな事件がきっかけであった。大正十二（一九二三）年、島田清次郎は婦女誘拐、監禁陵辱、強盗の疑いで告訴された。当時の報道は次のように伝えている。

相州逗子町旅館養神亭《ようしんてい》に宿泊中の小説家島田清次郎（二五）氏は去る十日葉山署に引致され、渡辺署長の厳重なる取調を受けた末、十三日午前十時二十四分逗子発の列車で横浜地方裁判所検事局に押送された。葉山署では被害者が身分ある者として一切を秘密に付して居るが、探聞する所に依《よ》ると、島田氏は本月五日頃から、東京市内に居住している某海軍少将の令嬢（二〇）を欺《あざむ》いて養神亭に連れ来り、醜交《しゅうこう》を迫つたが応じず、令嬢が隙を窺《うかが》つて逃出するおそれがあるので、令嬢の衣類金品を取り上げ、一室に監禁同様の取扱を為し、宿料は自分が持つている五万余円で支弁するから、当分此処に居ろと、遂に陵辱を加えた事が、葉山署の耳に入り、遂に不法監禁、強姦、窃盗罪で取調の上、検事局送りとなつたものであると。

（『天才と狂人の間　島田清次郎の生涯』　杉森久英　河出書房新社）

当初清次郎はマスコミに激しく非難されたが、その後被害者とされた舟木芳江《ふなきよしえ》が『地上』の熱心な読者であり清次郎と交際していたことが明らかになると、単なる恋愛事件として告訴は取り下げられた。しかしこれ以後清次郎のもとに、出版社などから執筆の依頼が来ることはなかった。

ベストセラー作家の転落、精神科病院収容

舟木少将令嬢事件は曖昧なうちに終結し、どちらかと言えば清次郎に有利に決着したが、この事件をきっかけに清次郎の世間での評判は地に落ちた。それまでベストセラーであった彼の本は売れなくなり、さらに手のひらを返したように、どの出版社も彼の原稿を出版しないばかりか、エッセイ一つの注文もなくなった。清次郎は社会的に葬り去られたのである。

再起を期して執筆した『地上　第六部』を清次郎は新潮社に送ったが、新潮社は出版を断ってきた。これは清次郎にとってたいへんなショックだった。彼は何日も口を利かず、じっと机に向かったままだった。

清次郎にはどこからも注文がなく、まったく無収入となった。出版社に前借りを申し込む手紙を書いても、返事はなかった。この当時の彼の様子を北国新聞は次のように伝えた。

呪詛《じゆそ》と煩悶《はんもん》に焦燥狂熱した清次郎君は、帰省間もなく高岡町の母親と同居してゐたが、先頃小将町《こしやう》に家を借りて中から錠を閉し、母親さへも寄せつけず、一歩も外へ出ずに、狂人のように地上の嘆きを憤激してゐるといふことだ。

この文中「狂人」とあるが、この時点で彼の統合失調症が発症していたかどうかははっきりしない。しかし事件のストレスやその後の厳しい状況が病気を急速に進行させた可能性は十分に考えられる。

統合失調症は通常、思春期から二十代前半に発症することが多い精神病である。最近こそ有効性の高い治療薬が開発され予後は大きく改善したが、清次郎の時代において、この病気はまだ不治の病と考えられていた。実際若年で発症し、幻聴や被害妄想などの病的な体験が消長しながら、社会的な活動ができなくなる例が少なくなかった。

金に困った清次郎は上京し、知人のいる出版社、新聞社などをたずねて借金を申し込んだが、どこでも冷たくあしらわれるだけであった。宿賃にも困った彼は、徳田秋聲《とくだしゅうせい》などの作家や吉野作造《さくぞう》博士の家などを転々とした。

大正十三（一九二四）年七月三十日の深夜、人力車に乗って池袋付近を通行中、清次郎は警官の職務質問を受けた。本人は、帝国ホテルに夕食に行ったが、島田だといってもボーイがふさわしい待遇をしなかったため殴りつけたところ、逆に袋叩きにされたと主張する。清次郎は、血まみれの姿であったため不審に思われ逮捕された。このエピソードの一月ほど前にも、清次郎は北陸本線の列車の中で突然車掌を殴り、逮捕されている。

清次郎は精神鑑定の結果、早発性痴呆（現在の統合失調症）と診断され、巣鴨にある保養院という精神科病院に入院となった。

精神科病院に入院した後、清次郎はほとんど誰とも口を利かず、部屋の隅でじっと座っていたという。時々急に意味不明のことをわめき散らしたり、自分の着物や帯を引き裂いたりした。大小便も垂れ流しで、臭気は耐えがたかった。これは典型的な慢性期の統合失調症患者の姿である。

次の文章には、清次郎の入院の様子が述べられている。

島清君の病室は薄ぎたない六畳敷程の室で、他に一人の患者が同室してゐた。不思議なことに彼は病院も破れるやうな大声を出して切に泣いてゐた。「頭が痛い!!」「訳が分らない!!」と悲しい声を出して泣いてゐた。怖々ながら硝子《ガラス》越しに覗いて見ると、彼は両手を頭の両脇に当てゝ室内を駆け廻りながら泣いてゐた。医者が「今に直して上げるから泣くんぢやない」と赤ん坊をだますやうにして彼の頭をなでながら慰めてやると少しは泣き止んだ。間もなく医者が室を出ると又しても大声で泣き出した。

（「東京」　大正十三年十二月号）

清次郎は入院中も小説や詩を書き続けたが、次の詩のようにその内容には幻聴や被害妄想を思わせる記述が散見している。

どこかで、
覗いてゐる
聴いてゐる
泣いてゐる

哄《わら》つてゐる
ひそひそと、
話してゐる
動いてゐる
歩いてゐる
壁に指紋が
窓に吐息が
鉄柵に青い手が
ブルブルと、
ふるえてゐる。

（「悪い仲間」昭和三年三月号）

入院して五年後、肺結核の悪化のため清次郎は死亡した。わずか三十一年の生涯だった。清次郎が精神科病院に収容されたとき、同時代の知識人の見方は手きびしいものが多かった。

文藝春秋の創設者である作家の菊池寛は、困窮した清次郎から無心を受けたこともあった。異臭を放つ浴衣を着た清次郎は菊池寛の自宅を突然訪れ、主人が不在にもかかわらず無理やり一泊したのである。
菊池寛によれば、清次郎に親身になる友人、先輩のいなかったことが身を誤った原因であり、それも彼の思いあがりのせいで、へりくだった気持ちを忘れたことがもっとも大きな問題だと述べている。文藝春秋は清次郎をもっとも攻撃したメディアであったが、菊池寛の言葉には、若くしてベストセラー作家となった清次郎への嫉妬の念が見え隠れするようである。
またやはり「文藝春秋」（大正十三年九月号）に、斎藤竜太郎は、出版社側を非難する「弔辞」を掲載している。

初めに、島田清次郎は奇才だ、天才だなどと罪なお太鼓を叩いた奴があつたのをよいことにして、売れるべきものでないのを、誇大なこけおどしの広告でもつて売り広めてもうけた奴だ。元々清次郎は馬鹿なのだから、可哀さうにそれを真にうけて、ほんたうに自分が天才だと思い込んでしまつたのだ。

大正ロマンティシズムの理解のためにも、精神疾患と文学的活動の関連を知るためにも、今日の公平な目で島田清次郎の再評価が行われることを期待したい。

第五章　宮沢賢治

一八九六〜一九三三（享年三十七）

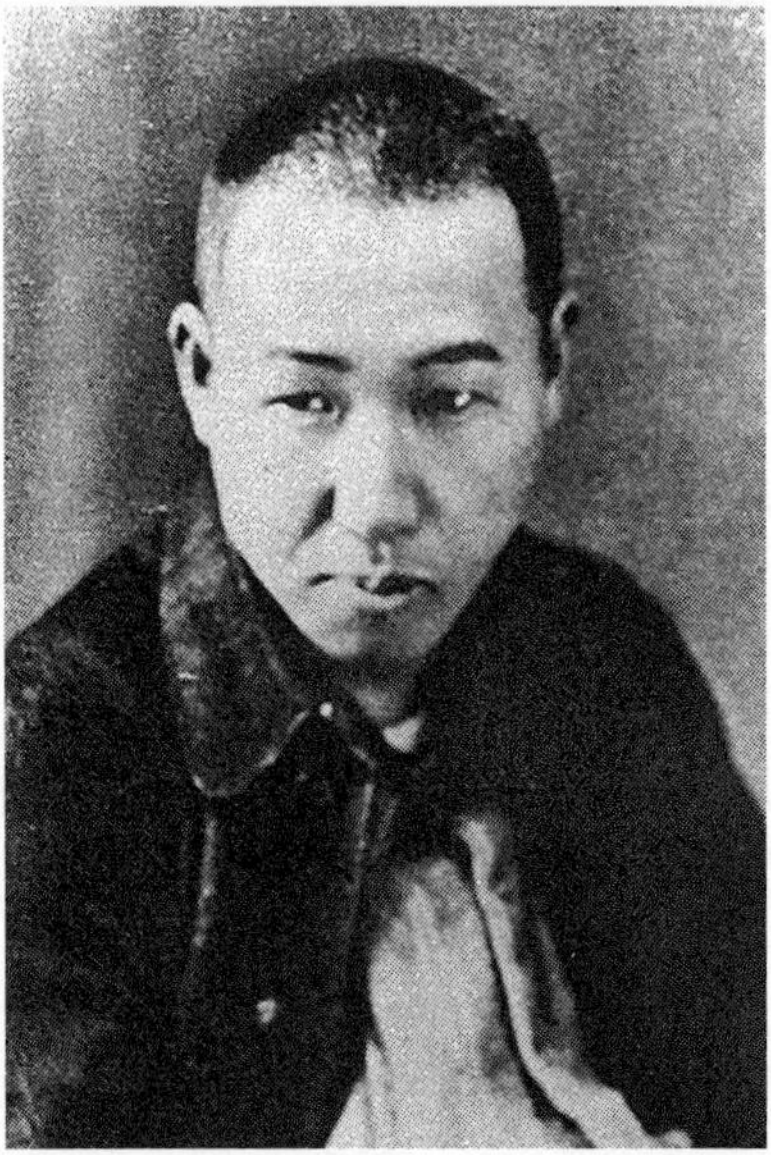

みやざわ・けんじ

明治二十九（一八九六）～昭和八（一九三三）年

岩手県稗貫郡里川口村に、質・古着商の長男として生まれ、仏教信仰の中で育つ。盛岡高等農林学校に首席で入学。同人誌「アザリア」を創刊し、短歌・小文などを発表。後、国粋主義の法華宗系宗教団国柱会に入信、家族と衝突。生前に刊行されたのは、自費出版した詩集『春と修羅』と、童話集『注文の多い料理店』。死の直後から、草野心平の尽力で多数の作品が刊行される。代表作に、『銀河鉄道の夜』『風の又三郎』『どんぐりと山猫』『よだかの星』『セロ弾きのゴーシュ』など。

●写真協力＝産経ビジュアルサービス

花巻の石っ子

ここに、一枚の写真がある。花巻《はなまき》農学校の教師時代に撮影されたという二十代後半のものである（撮影時期については、別の説もある）。

生真面目な表情をした宮沢賢治は、椅子に腰を下ろし、視線を正面に向けず、心もち右下の方を見つめている。賢治というと、必ず示されるのがこの写真だ。

彼の服装は都会風だ。ジャケットは軽く引っかけるようにし、中からは縦じまのシャツがのぞいている。本書の写真には写っていないが、なぜか賢治は、両方の手の指をしっかりと固く結んでいる。

宮沢賢治の生年は、明治二十九（一八九六）年である。これがどのような時代であったか振り返ってみると、明治二十三（一八九〇）年には東北本線が盛岡まで開通し、東北地方の近代化が急速に推し進められていた時期であった。

明治二十七（一八九四）年から二十八（一八九五）年にかけて日清戦争が起きている。この戦争は、明治政府にとって欧米列強に少しでも近づくためのエポックメイキングな出来事であった。日清戦争の勝利によって日本国内は意気盛んとなったが、いわゆる「三国干渉」によって清から得た遼東《りようとう》半島を返還することになり、世論は大きく動揺し、また反発した。

賢治の生まれた年は、明治二十五（一八九二）年から続いていた第二次伊藤博文《ひろぶみ》内閣が総辞職をした年である。その内閣の閣僚の名簿をみると、陸奥宗光《むつむねみつ》、井上馨《いのうえかおる》、山縣有朋《やまがたありとも》など明治の元勲たちが顔を並べていた。

賢治は、岩手県稗貫《ひえぬき》郡里川口村（現、花巻市）で生まれた。生家は、質屋兼古着商を営む富裕な商家であり、賢治は五人きょうだいの長男であった。賢治の生家である宮沢一族は、この地方の名家として古くから知られていた。宮沢家の系図は、一六〇〇年代までさかのぼれるという。

生家の家業は祖父が創業し、これを父が引き継いだものであったが、関西や四国から多量の古着を仕入れて地元の人に販売していた。賢治の父、政次郎《せいじろう》は勤勉な性格で、仏教に深い関心を持ち、商売に勤しむとともにさまざまな宗教的活動を行ったことが知られている。政次郎は浄土真宗の安浄寺《あんじょうじ》を菩提寺とし、花巻仏教会などを組織して講演会などをたびたび開催した。

賢治は、家業やそれを維持しようとする父に反発を抱いていた。ところが一方で、定職についた時期がわずか四年あまりであった彼が、自ら望むままに生きることができたのは、実家からの経済的援助と父親の庇護のおかげだった。父政次郎は賢治と対立することはあってもそのよき理解者であり、生涯見放すことなく支援を惜しまなかったのである。

花巻市の現在の人口は約十万人、岩手県の南西部に位置する城下町である。東西に広がる花巻市の中央を、東北本線と東北新幹線が貫いている。東京駅から新花巻駅までは、新幹線を利用して二時間四十分ほどの距離である。

町の中心である花巻城は、その前身を鳥谷ヶ崎《とやがさき》城といい、稗貫氏の居城であった。天正十八（一五九〇）年、豊臣秀吉により稗貫氏は領地を没収され、この地域は南部氏の領有となった。その後明治維新に至るまで、花巻はこの地方の中心都市として栄えている。

実弟の清六《せいろく》氏によれば、賢治は児童期より「物静かで哀しげな旅僧のような雰囲気」を持っていた。父親は、賢治には前世に永い間、諸国をたった一人で巡礼して歩いた習慣があり、どうしてもその癖がとれなかったのだと話していたという（『兄のトランク』宮沢清六　筑摩書房）。

明治三十六（一九〇三）年、賢治は花巻川口尋常高等小学校に入学した。小学生の賢治は、植物や昆虫の標本作り、さらに鉱物採集に熱中した。特に鉱物に関する関心が強かったため、賢治は家族や友達から「石っ子賢さん」と呼ばれていたという。また当時、父の主催する仏教の講話にも参加している。

明治四十二（一九〇九）年、尋常小学校を優秀な成績で卒業した賢治は、県立盛岡中学校（現、盛岡第一高等学校）に入学した。入試に合格したのは、受験した三三四名中一三四名という狭き門であった（『新書で入門　宮沢賢治のちから』　山下聖美　新潮社）。
彼は、寄宿舎自彊寮《じきょう》に入った。中学に入学後も、鉱物採集への熱中は続いた。次の文章は、賢治の同級生である阿部孝による当時の回想である。

中学一年のころ、遠足や郊外散歩に出かけるときの彼の腰には、かならず愛用の金づちが一ちょう、たばさまれていた。彼の詩によくでてくる、七つ森、南昌山《なんしょうざん》、鞍掛山《くらかけやま》、その他、盛岡近在の山や丘で、彼のこの金づちの洗礼を受けていない所は、ほとんどあるまい。こうして、方々から集められた岩石の標本が、彼の机の上や、引き出しから、押し入れの中まで、いっぱいに埋められていた。

（『宮澤賢治　あるサラリーマンの生と死』　佐藤竜一　集英社）

わがあたま　ときどきわれに　ことなれる

賢治は、盛岡中学校入学後、十歳あまり年長の同校の先輩石川啄木《たくぼく》の影響もあり、短歌と詩を好むようになった。自らも短歌の創作を始めた。賢治はその短い生涯の中で、短歌約九百首、詩約千編を生み出している。
十三歳から五年間通った盛岡中学時代は、文学への傾倒とともに、父親との確執がより鮮明となった。同時に教師や学校に対する反発もみられ、ほとんど勉強に手をつけない時期もあった。学校の寮にいた賢治は舎監の教師にいたずらをしかけ、このため寮を退寮させられている。

賢治は中学五年のころより、熱心な法華経《ほっけきょう》の信者となった。寺に下宿し、頭を剃って登校したこともみられた。この時期の賢治の様子を級友は次のように記している。

……途《みち》すがら談《かた》りつつ詩作しているのが彼の常態である。左手に持った手帳には歩き乍《なが》らしばしば鉛筆で書き記す。興が乗ってくれば路傍に腰をおろして懸命に書きつける。アレ、あの積乱雲の突端にビードロの衣をつけた男が走っている。誰だろう等と云ったりする

（『宮沢賢治研究　時代　人間　童話』　石岡直美　碧天舎）

賢治の躁うつ病が発症したのは、中学卒業前後の時期である。進学を希望した賢治に、父や祖父は強く反対し、これが発症のきっかけとなったと思われる。

特に理由なく漠然とした不安や憂うつさなどが出現し、賢治自身も「頭の異常」を感じていた。また同時に、さまざまな身体的な不調も訴えている。

この時のうつ状態は、「憂うつさ」や「意欲の障害」を中心とした典型的なうつ状態では

なく、統合失調症の初期を疑わせるような「体感幻覚」(身体の内部に関する幻覚で、セネストパチーともいう)、「妄想気分」(周囲の世界が不気味で何か起こりそうな感じがすること)などの多様な症状がみられた。また希死念慮も出現したが、約半年で改善した。

賢治はこのときの自分の状態について、「私は暗い生活をしています。うすくらがりのなかで道に青空をのぞみ、飛びたちもがきかなしんでゐます」と知人に手紙で述べている(『新書で入門　宮沢賢治のちから』　山下聖美　新潮社)。

精神科医の福島章は、この時期の賢治の精神状態を表すものとして、次の短歌をあげている(『不思議の国の宮沢賢治　天才の見た世界』　福島章　日本教文社)。

目は紅く
関折多き動物が
藻《も》のごとくむれて脳をはねあるく

わがあたま
ときどきわれに
ことなれる

つめたき天を見しむることあり

これらの歌には、「脳の中を動物がはねあるく」という体感幻覚、自我が分裂し「われにことなれる」という自我障害が表されている。

さらに次に示す短歌には、妄想気分や被害妄想ともとれる不気味な心情がこめられている。

ちばしれる
ゆみはりの月
わが窓に
まよなかきたりて口をゆがむる

うしろよりにらむものあり
うしろよりわれらをにらむ
青きものあり

次の短歌は、なかなか自分の精神状態が改善しないことを嘆いているかのようである。

すゞきの目玉
つく〴〵と空にすかし見れど
重きあたまは癒えんともせず

うつ状態と躁状態

以後の賢治には、安定した状態をはさみながら、うつ状態と躁状態が交互に訪れるようになる。これは躁うつ病でよくみられる経過である。

賢治の活動が一見して突飛に思えたり、あるいは前後の脈絡がなかったりするように思えるのは、彼の「思想」や「文学」によるものというよりも、その大部分は「うつ」と「躁」という気分の変調が原因である。うつ状態において彼の創作は途絶えるが、躁状態になると多くの作品が生み出された。

十九歳のとき、大正四（一九一五）年、賢治は望んでいた進学を父親より許され、盛岡高等農林学校に入学した。同じ年、後に早逝する妹のトシが東京の日本女子大に入学している。

盛岡高等農林学校は、東北地方の農業振興を目的として、明治三十六（一九〇三）年に開校している。日本ではじめての高等農林学校であった。現在の岩手大学農学部である。

賢治は、農学科の本科生および研究生として、大正九（一九二〇）年まで在籍した。盛岡高等農林学校の時代に、賢治は同人誌「アザリア」を創刊、大正六（一九一七）年これに主として短歌を発表した。この時期の賢治は、専門の地質調査にも熱心に取り組み、東京の丸善から地質学に関する高価な洋書を取り寄せたこともあった。

賢治のうつ状態が再燃したのは、二十四歳のときである。抑うつ気分、意欲低下、集中困難などの症状が出現したため、学校を休み実家で静養することになった。なかなか症状の改善がみられないため、結局学校は退学している。

このうつ状態は、一年あまり持続した。賢治は気乗りのしないまま、実家で家業の手伝いをしながら無為に毎日を過ごしていた。この時期に、母校から助教授として招聘《しょうへい》したいという依頼があったが、精神状態の改善しない賢治はこれを断った。

その後、彼は急激に活動的となった。躁状態の始まりである。

賢治は、日蓮宗僧侶である田中智學《ちがく》が創設した法華経の教団、国柱会《こくちゅう》に入会した。賢治は知人を熱心に勧誘し、国柱会の機関誌を繁華街に張りだしたり、お題目を唱えながら花巻の街中を歩きまわったりすることもあった。国柱会に影響を受けた知識人として、他に評論家の高山樗牛《ちょぎゅう》や軍人の石原莞爾《いしはらかんじ》などが知られている。

唐突に家出、上京

大正十（一九二一）年一月、賢治は唐突に家出をして上京をした。地元の有名一族であった賢治の出奔は、地方紙に掲載される事件となった。

燃ゆる信仰から精進の一路へ
高農を優等で卒業した宮沢賢治君
聖日蓮生誕七百年の思ひ出深き日に
剃髪《ていはつ》して深夜漂然家出す
（岩手日報　大正十年三月六日）

この家出は、棚の上から本が落ちてきたのを啓示と感じ、突然決行されたものである。この点については賢治に独特な行動の表れと考えることもできるし、あるいは躁状態における思考や行動の脈絡のなさととらえることも可能である。

次はその時の賢治の述懐である。

あしたにしやうか明後日にしやうかと二十三日の暮方店の火鉢で一人考へて居りました。その時頭の上の棚から御書が二冊共ばったり背中に落ちました。さあもう今だ。今夜だ。

時計を見たら四時半です。汽車は五時十二分です。すぐ台所へ行って手を洗ひ御本尊を箱に納め奉り御書と一所に包み洋傘を一本持って急いで店から出ました。

突然上京した賢治は国柱会の本部に行き、ビラ貼りでも何でもやりますから使ってくださいと訴えた。賢治は結局、本郷にある下宿屋の二階で生活することになった。

東京では印刷所でのアルバイト、国柱会の布教活動、原稿の執筆と非常に多忙な毎日を過ごした。気分は高揚し爽快な状態が続いたが、抑制を欠いた言動もみられる。

この時期には創作意欲も旺盛で、『よだかの星』など多くの童話を執筆している。一か月に三千枚の原稿を執筆したというのも、このころになる。

賢治は職業作家となることを願っていたが、それはかなわぬ夢だった。賢治が生前原稿料を得ることができたのは、大正十（一九二一）年に執筆した童話『雪渡《ゆきわた》り』のみである。この作品は、雑誌「愛国婦人」に掲載され、賢治は原稿料として五円を受け取ったという。

この時期に賢治が作った短歌は、次に示すように力強い明るさが基調にある。

青木青木
はるか千住の白きそらを

になひて雨にうちよどむかも。

咲きそめし

そめゐよしのの梢をたかみ

ひかりまばゆく翔ける雲かな

花巻への帰還

しかしながら、多忙な東京での生活は短期間で終わりを告げた。大正十一（一九二二）年、賢治は妹トシの病気のため花巻に帰還することとなる。

花巻にもどった賢治は、花巻農学校の教師となった。花巻に帰省後も、東京時代からの軽度の躁状態はしばらく持続した。しかし間もなくトシが肺結核のために病死し、これをきっかけとして抑うつ気分や不安・焦燥感を伴ううつ状態が再燃した。

幸いこの反応性のうつ状態は長引かず、その後四年あまり賢治は教職を続けることとなる。この農学校時代、賢治は詩集『春と修羅《しゅら》』、童話集『注文の多い料理店』を自費出版した。『春と修羅』は、辻潤や草野心平《くさのしんぺい》から強い賛辞を受けたものの、広く世間一般に認められるには至らなかった。

教師として賢治は生徒たちから慕われ、充実した毎日を過ごすことができたが、時おり奇妙な行動が散見している。月夜の晩にレコードを聴きながら、空に向かって両手を羽ばたかせて踊ったり、ホホホホーと叫びながら走りまわったりする姿が当時を知る人によって語られている。こうした行動は、賢治の気分が躁状態あるいは軽躁状態であったときに出現したものと考えられる。

賢治が二十九歳のとき、うつ状態が再燃した。以前と同様に、抑うつ気分、不安、悲哀感の他、体感幻覚、幻聴などもみられたため、彼は退職を決意した。

三十歳、農学校の退職前後に気分は急速に躁状態に移行した。賢治は、農村の教育指導や、創作を熱心に行うようになった。

彼は自らも農耕生活を開始し、チューリップなどの花や当時は珍しかったレタスなどの西洋野菜の栽培を行った。賢治の代表作である『風の又三郎《またさぶろう》』は、この時期に執筆されている。

さらに賢治は、農民の生活向上のためにと、教え子や近隣の人々を対象に、「羅須地人《らすちじん》協会」を設立した。これは現在のNPOのような組織で、定期的に勉強会を開いたり、コンサートを開催したりした。

賢治は自分で謄写《とうしゃ》版を刷り、案内状を配り、さらに科学や芸術などについて講義した。いろいろな楽器を持ち寄って演奏したり、物資の交換なども行った。

昭和元（一九二六）年、躁状態の賢治は上京し、さまざまな活動を行っている。エスペラント語を学び、チェロ、オルガンの個人教授を受け、さらにはタイプライターの学校に通って外国人と親しくもなった。

このときの躁状態は、二年ほど持続した。しかし賢治が社会主義者でないかと疑われ警察の事情聴取を受けたことをきっかけとして「協会」は活動停止に追い込まれた。その後賢治は肺結核のため体調を崩し、病床で過ごすことが多くなった。

躁うつ病とは？

躁うつ病は、躁状態（あるいは軽躁状態）とうつ状態の両方がみられる疾患である。躁状態あるいはうつ状態の「病相」は、通常一定期間の寛解《かんかい》期をはさみながら、数か月持続することが多い。この場合、同じ病相が続いてみられることもあれば、躁状態とうつ状態を交互に繰り返すものもある。

躁状態の中で症状が軽症のものを軽躁状態と呼ぶ。最近の診断基準による病名では、躁うつ病は、「双極性障害」、あるいは「双極性感情障害」と呼ばれているが、今でも躁うつ病という名称が一般的でわかりやすい。

躁うつ病の中で、躁状態とうつ状態を繰り返すものを「双極I型障害」、軽躁状態とうつ

気分障害（うつ病、躁うつ病）の分類

診断基準による病名	特徴
【うつ病性障害】	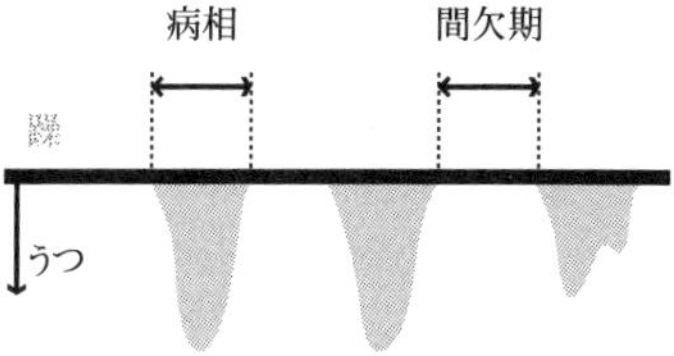
・大うつ病性障害	うつ病：軽症、中等症、重症に分けられる。
・気分変調性障害	軽症のうつ状態が2年以上続く。
【双極性障害】 （躁うつ病）	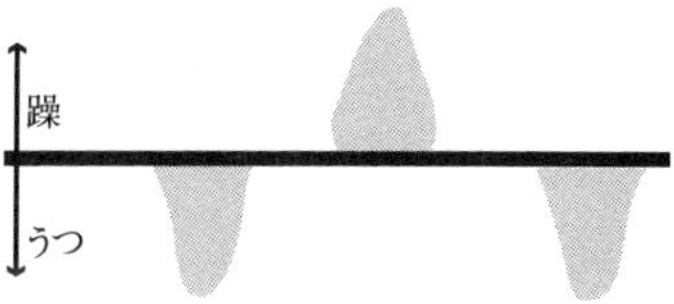
・双極I型障害	躁状態とうつ状態を繰り返す。
・双極II型障害	軽症の躁状態とうつ状態を繰り返す。
・気分循環性障害	軽症の躁状態と軽症のうつ状態を繰り返す。

状態を繰り返すものを「双極II型障害」と区別することがある。さらに、軽躁状態と軽うつ状態がみられるものを、「気分循環性障害」と呼ぶことがある。躁うつ病の典型例は、双極I型障害である。

躁状態とは、気分が爽快で楽しく、上機嫌で活動的になり、ほとんど寝なくても平気で動けるような状態である。うつ状態のみを繰り返す疾患が「うつ病」であり、出現頻度が高い。これに対して、躁状態が持続してみられる疾患が「躁病」であるが、躁病のみが単独でみられることはまれである。

繰り返しになるが、躁うつ病においては、躁状態とうつ状態の病相が交互に繰り返して出現することが多い。病相は、治癒した時期がみられずに連続して出現することもあるが、安定している寛解期がしばらく持続してから、再び病期がみられることもあり、個人によって多様である。投与された薬物の影響により、躁状態からうつ状態、あるいはうつ状態から躁状態に病相が短期間で急変することもみられる。

躁状態においては、爽快な気分、活動性の亢進《こうしん》に加えて、早口で多弁となり、考えや計画が次々とわいてくる。これを「観念奔逸《かんねんほんいつ》」という。思考は上滑りとなり、話していても話題が次々と変わり、前後の文脈が追えなくなる。また、自分が非常に価値の高い人間であると確信する「誇大妄想」がみられることもある。

さらに、しばしば行動面での異常が出現する。後先を考えず高額な買い物をして多額の借金を作ったり、ばかげた商売や株式への投資をしたり、性的な逸脱行動がみられる。真冬中、興奮状態で一晩中寝ずに町中を歩き回った老人や、ほとんど面識のない人に次々と電話をかけ続けた若い女性のケースなどを診たことがある。

賢治の症状については、気分高揚や活発な行動はみられたものの、社会的な問題行動に至ることはなかった点を考慮すると、躁状態は比較的軽度で、今日の診断基準においては「軽躁状態」にあてはまると考えられる。

うつ病と比べると、躁うつ病の出現頻度はかなり低く、およそ十分の一程度である。うつ病の生涯有病率は総人口の一五％程度であるが、躁うつ病の生涯有病率は、男性で一～二％、女性で〇・五～一％程度であると報告されている。

魔術的知覚

しかしながら、賢治の症状は、典型的な躁うつ病のものとは異なる部分も少なくない。特に思春期に出現したうつ状態は、体感幻覚、妄想気分などを伴い、統合失調症の初期症状と類似していた。

精神医学の用語に、「魔術的思考」というものがある。これは迷信深さ、千里眼やテレパシー、第六感などを信じること、突飛な空想や思い込みを持つことなどを意味する症状である。

魔術的思考は、統合失調症の不全型と考えられる「失調型パーソナリティ障害（分裂病型パーソナリティ障害）」においてよくみられる精神症状である。賢治には、魔術的思考と類似した「魔術的知覚」とでも言うべき奇異な知覚体験が頻発していた。この点を考慮すると、賢治にみられた躁うつ病は、典型的なケースとはかなり異なるものである。一般に躁うつ病と統合失調症は、症状面で重なり合う点も多い。両者の相違点は長期経過であり、躁うつ病ではほぼ完全に回復するのに対し、統合失調症においては、徐々に社会適応レベルの低下がみられる。

次の短歌は賢治が最初のうつ状態のときに詠んだものであるが、奇妙な感覚錯誤を表している。

つゝましく
午食の鰤《ぶり》を装へるは
たしかに蛇の青き皮なり

こうした短歌は、平穏な精神状態で詠まれたものではない。賢治は不気味な感覚にとらわれ、それは時に死へ誘うものもあった。

岩つばめわれ
むくろにつどいてなくらんか
大岩壁の
底に堕ちなば

また賢治には幼いころから生涯にわたり、幻聴に類似した体験がしばしばみられた。これは作品の中においても述べられている。

わたくしが疲れてそこに睡《ねむ》りますと、ざあざあ吹いてゐた風が、だんだん人のことばにきこえ、やがてそれは、いま北上の山の方や、野原に行はれてゐた鹿《しし》踊りの、ほんたうの精神を語りました。（『鹿踊りのはじまり』）

また吉本隆明（『宮沢賢治』筑摩書房）が指摘するように、賢治の作品には擬音や新造語が多用されている。吉本が引用している次のような言語の使用は、統合失調症でしばしばみられるネオロギスム（言語新作）に近い病理を感じさせる。

丁丁丁丁丁
丁丁丁丁丁
叩きつけられてゐる　丁
叩きつけられてゐる　丁
藻でまつくらな　丁丁丁
塩の海　丁丁丁丁
熱　丁丁丁丁
熱　熱　丁丁丁

（尊々殺々殺
殺々尊々々
尊々殺々殺
殺々尊々尊）

晩年

三十五歳ごろより、再び賢治は躁状態となり、気分高揚、活動性亢進などの症状がみられた。躁状態とともに、体調も回復したように感じられた。

このころ、賢治は東北砕石工場の鈴木《すずき》東蔵《とうぞう》と交流を持つようになった。この会社は土壌改良のための石灰を肥料として販売していた。

賢治は東北地方の農業振興のためにと、鈴木の考えに共鳴し、技師として勤めることになった。賢治の父もこれを後押しし、資金を提供している。

父の考えは、東北砕石工場の花巻出張所を開設しこれを賢治に任せ、販売などの実務は父の会社で行うというものであった。しかし実際は賢治は会社の実務にのめり込み、彼は大量のチラシやサンプルを片手に連日のように東北各地を転々とした。

こうした激務は、賢治の健康状態を急速に悪化させた。働き始めて約半年、昭和六（一九三一）年九月、出張先の東京で賢治は病に倒れ、以後自宅にもどり療養生活を送ることとなる。

亡くなるまでの二年間、賢治は自宅の病床で過ごした。この時期はうつ状態が遷延し、自責的、悲観的となることが多かった。昭和八（一九三三）年九月、肺炎のため賢治は死去した。まだ三十七歳であった。
次の手紙は、死の数日前、賢治がかつての教え子に宛てたものである。

じぶんの仕事を卑しみ、同輩を嘲けり、いまにどこからかじぶんを所謂社会の高みへ引き上げに来るものがあるやうに思ひ、空想をのみ生活して却って完全な現在の生活をばし味ふこともせず、幾年かゞ空しく過ぎて漸くじぶんの築いてゐた蜃気楼の消えるのを見ては、たゞもう人を怒り世間を憤り従って師友を失ひ憂悶病を得るといったやうな順序です。

（一九三三年九月十一日）

第六章

中原中也

一九〇七〜一九三七（享年三十）

なかはら・ちゅうや

明治四十(一九〇七)～昭和十二(一九三七)年

山口県吉敷郡山口町に生まれる。父は陸軍軍医。八歳で一家は中原家と養子縁組。十三歳で「婦人画報」「防長新聞」に投稿した短歌が入選。山口中学時代に歌集『末黒野』刊行。京都で過ごした後、日本大学予科文科に入学するが退学し、音楽団体「スルヤ」で詩を作る。二十二歳で、大岡昇平らと同人誌「白痴群」を創刊。その後「紀元」「歴程」などの同人誌に参加。代表詩作に「臨終」「妹よ」「汚れちまつた悲しみに……」など。作品集としては『ランボオ詩集』『山羊の歌』『在りし日の歌』が有名。　●写真協力＝産経ビジュアルサービス

グレタ・ガルボに似た女

中原中也はまだ十六歳で、京都にある立命館中学に一人転校してきたのである。地元の山口中学に通学していた中也は成績不良で進級できなかったためで、中也の母から話を聞いた作家の大岡昇平《おおおかしょうへい》によれば、この立命館への入学には、中也がこっそり付き合っていた実家の病院の看護婦から引き離すという理由もあったらしい（『朝の歌（中原中也傳）』大岡昇平　角川書店）。

京都に来た中也は、新劇の劇団である「表現座」の稽古場で、十九歳の長谷川泰子《はせがわやすこ》と出会った。泰子は他の劇団員たちと、『有島武郎、死とその前後』という芝居の本読みをしているときのことだった。

二人を引き合わせたのは、「大空詩人」と呼ばれた永井叔《よし》である。このときはまだ無名の女優であった長谷川泰子は、後に雑誌「時事新報」の「グレタ・ガルボに似た女」というコンテストで第一位に選ばれている。

泰子は、中也の一生を大きく左右した運命の女性だった。ちなみにグレタ・ガルボはスウェーデン生まれのハリウッド女優で、その美貌から「永遠の夢の王女」などと称賛された。

間もなく二人は意気投合し、出会った翌年の四月に西京区大将西町で同棲を始めた。年下である中也が、泰子の父親か兄のような存在だったという。九月に二人は寺町に移り住んだ。

このころの中也は、ダダイズム風の詩をさかんに書いていた。また、詩人である富永太郎と親交を結んだのも同じ時期である。中也は富永相手に詩や芸術について語り、自らの前途に向けて高揚した気分を抱いていた。

名状しがたい何者かゞ、たえず僕をば促進し、目的もない僕ながら、希望は胸に高鳴つてゐた。
（『ゆきてかへらぬ』）

長谷川泰子は、明治三十七（一九〇四）年に広島市で生まれた。広島女学校を卒業後しばらく信用金庫に勤めていたが、女優を志して家出同然で上京した。ところが関東大震災のためやむなく彼女は京都に移り、中也と出会った当時は、成瀬無極《なるせむきょく》が主宰する表現座に所属していた。その後は、マキノ映画製作所の大部屋女優となっている。

ドイツ文学者である成瀬無極は、京都帝国大学教授を務めた人である。成瀬には多くの著作があるが、「シュトルム・ウント・ドラング」を「疾風怒濤《しっぷうどとう》」と翻訳したことでも知られている。ただ成瀬は名義上の代表で、劇団の実務にはかかわっていなかった。

大正十四（一九二五）年、立命館中学を卒業した中也は、泰子とともに上京した。二人は、早稲田鶴巻町、次いで戸塚町に下宿している。中也は予備校に通うといって実家から生活費を送ってもらっていたが、実際には勉強らしい勉強はしていなかった。

中也はこの年の四月に、富永太郎の紹介で小林秀雄と知り合った。さらに小林の縁によって、河上徹太郎《かわかみてつたろう》、永井龍男《ながいたつお》、大岡昇平らと親交を結ぶようになった。

後に日本を代表する評論家となる小林だが、当時は二十三歳で、東京帝国大学文学部仏文科に在学中だった。小林は小説家を目指しており、すでに『一つの脳髄《のうずい》』『ポンキンの笑ひ』などの作品を発表していた。だが、本格的な批評活動には、まだ手をつけていなかった。

このころを知る作家の永井龍男は、中也の初対面の印象について、「時折り光る相手を小ばかにした眼の動きとか、俗世間の俗人がなんだといわんばかりの態度が、不敵さを感じさせる」と述べている。

恋人の裏切り

中也が上京してわずか八か月後、大正十四（一九二五）年十一月に事件は起きた。彼と同棲していた長谷川泰子が急に中也を捨てて、小林秀雄の元に走ったのである。中也を裏切ることに、小林も泰子もためらいがあった。

二人は旅に出る約束をしたが、約束をしていた品川駅に泰子は姿を見せなかった。傷心の小林は一人で旅に出たが、帰ってきてから急病で入院する。この病気という状況が、再度彼らを結びつけることになった。見舞いに来た泰子に対して小林は一緒に暮らそうと述べ、泰子もそれを受け入れた。

後に小林は、「中原と会つて間もなく、私は彼の情人に惚れ、三人の協力の下に（人間は憎み合ふことによつても協力する）、奇怪な三角関係が出来上り、やがて彼女と私は同棲した」と語っている。

泰子に去られたことは、中也にとって大変な打撃だった。その後も長く、彼は泰子の気持ちが自分の元にもどることを願い続ける。

私は女が去つて行くのを内心喜びともしたのだつたが、いよいよ去ると決まつた日以来、もう猛烈に悲しくなつた。
私はたゞもう口惜しかつた。私は『口惜しき人』であつた。
（『我が生活』）

泰子に去られた中也は、傷心のままあてもなく町をさまよった。勉強も詩作も手につかなかった。一日中彼は歩き続け、下宿は帰って寝るだけの場所となった。翌大正十五（一九二六）年に、中也はいくつかの大学を受験した。その結果、唯一合格した日本大学予科に入学している。

泰子は、置き去りにした中也に対してクールだった。後に彼女は「中原に悪かったなんて思ったことはありません」「置いてやるというから、私はなんとなく同居人として棲まわしてもらっていた」と、中也に未練はなかったと自著で述べている（『中原中也との愛　ゆきてかへらぬ』　長谷川泰子　角川学芸出版）。それでも、泰子の思わせぶりな態度は、中也を混乱させた。

一方で、小林と暮らし始めた泰子も、幸福というわけではなかった。泰子は奇妙な行動で小林を悩ませた。電車の中での泰子の一言を正確に思い出すように小林に求めたり、手ぬぐいを何度も洗うように要求したりし、小林の対応を気に入らないと激しく怒って、剃刀《かみそり》を振り回し自分の首を切ろうとしたこともあった。

特に泰子は「清潔さ」に執着した。顔を洗うために洗面器に水を入れても、何度も入れ替えないと気がすまなかった。外出したときには、服についたホコリが気になり繰り返しぬぐわなければ落ち着かない。これらは、強迫神経症（強迫性障害）による症状である。不合理であるとわかっていても、同じ行為を繰り返したり確認したりしないと、強い不安が生じてしまうのである。

こうした毎日に小林は耐えられなくなった。昭和三（一九二八）年に家を出ると一時は行方をくらまし、そのまま関西に住みついてしまった。泰子の出奔から二年以上が経過していた。中也の心は、まだ泰子の元にあった。小林と別れた泰子は自分のところに帰ってくると中也は信じていた。しかしその期待は裏切られることとなる。

泰子は中也の部屋に泊まったり、共に旅行に行ったりはしたが、彼と一緒に暮らそうとはしなかった。彼女は再び女優を目指して松竹に所属し、新しい芸名を与えられいくつかの映画に出演した。

しかし女優としては大成しなかった。泰子は、東中野の酒場で知り合った男性の子供を産んだがその男性とは別れ、別の年上の男性と正式に結婚した。しかし結婚生活は長くは続かず、長い間一人で働いて生活し、平成五（一九九三）年まで存命だった。

このように二人の大文学者を翻弄した泰子という女性に興味を感じるが、本人を知っている大岡昇平の彼女に対する見方は、冷ややかである。大岡は、泰子は「気の好い人」で「悪いことは決して出来ない人だつた」と述べてはいるが、大岡にとっては中也や小林がこれほど彼女に執心したことが、不思議に思えたようである。

医者の息子

明治四十（一九〇七）年、中原中也は山口県吉敷《よしき》郡山口町で生まれた。父謙助《けんすけ》、母フクの長男である。中也の後には、四人の弟がいた。

父である謙助は陸軍の軍医で、当時は旅順《りよじゆん》で勤務していた。中也が生まれた年の十一月、母フクは中也を伴い旅順に渡った。以後家族は謙助の転勤に伴って、山口、広島、金沢と移っている。

歴史をさかのぼると、中原家は中国地方の名家、毛利《もうり》家の一族である。代々吉敷村に住んでいたため、「吉敷毛利」と呼ばれていた。先代の中原周助以後は、医者を家業とした。

中也という名前は、父の謙助の上官が命名したものらしいが、これに対して中也自身は友人たちに対して、謙助が学んだ軍医学校の校長であった森鷗外が名付け親だと主張していたという。

中也が七歳のとき、謙介が朝鮮のソウルの軍医長となったため、家族は山口に帰った。この年に中也は、下宇野令尋常高等小学校に入学している。成績は抜群だった。父は大正四（一九一五）年に日本にもどったが、大正六（一九一七）年には予備役に編入となり、中也の大叔父にあたる中原政熊から中原医院を引き継いだ。

大正九（一九二〇）年、中也は十三歳で山口中学に入学した。入学時の成績は優秀であったが、次第に文学にひたり学業がおろそかになった。これを心配した両親が家庭教師をつけたが、成績は一向に改善しなかった。

中也は中学入学以前から、地方新聞などに短歌の投稿を行っていた。十三歳のころには、「婦人画報」「防長新聞」に、中也の短歌が入選している。大正十一（一九二二）年、十五歳のときには、中学の上級生と共同で、歌集『末黒野《すぐろの》』を刊行した。

次の短歌は、「婦人画報」大正九（一九二〇）年二月号に掲載された中也の短歌である。

筆とりて手習させし我母は今は我より拙しと云ふ

大正十二（一九二三）年三月、中也の落第が決まった。このため彼は故郷を離れ、京都の立命館中学の三年に転入学した。

京都に住み親元を離れた中也は、ますます自由に振る舞った。ひんぱんにカフェに出入りをし、日中から年長の友人と酒を飲むこともよくあった。

学校へ行っていないことを母がとがめると、中也が他人のふりをして、「中也君は学校はやめておるけど、将来有望な人だから、学費と生活費だけは送っておあげなさい……」という手紙がきたこともあった。

高橋新吉の『ダダイスト新吉の詩』に出会ったのも、このころのことである。中也は、新吉に影響を受けて、ダダイズム風の詩を書き始めた。間もなくこの章の冒頭に述べたように、中也は長谷川泰子と出会うことになる。

女性への執着

泰子に去られた傷心の中也は、大正十五（一九二六）年四月に入学した日本大学予科にはほとんど通学せずに退学してしまう。翌年には、辻潤、高橋新吉と知り合い、さらに音楽家諸井《もろい》三郎《さぶろう》とも親交を結び、音楽グループ「スルヤ」に参加した。

昭和四（一九二九）年に刊行された同人雑誌「白痴群《はくちぐん》」をともに編集した安原喜弘《やすはらよしひろ》と知り合ったのは、昭和三（一九二八）年のことであった。安原は中也との交流について、次のように述べている。

私達は殆ど連日連夜乏しい金を持つて市中を彷徨《ほうこう》した。いつも最初は人に会いに行くのであつた。三度に二度は断られた。それから又次の方針を決定し、疲れると酒場に腰をすえるのである。時には昼日中から酒を飲んだ。酔うとよく人に絡んだ。そしてこの国の宿命的な固定観念と根気よく戦つた。

（『中原中也の手紙』　安原喜弘編著　玉川大学出版部）

中也は仲間とよく酒を飲んだ。酒を飲むと芸術や詩の議論となり、それは実際の喧嘩となることもよくあった。中也は相手が大男であろうと、やくざ者であろうと、見境なくからんだ。酔って渋谷の町会議員の家の軒灯を壊して逮捕され、二週間あまり警察署に勾留されたこともあった。

このころ、中也は長崎町、高井戸町など住居をひんぱんに変わっている。彼は、夕方から深夜にかけて町を徘徊しては、知人の家を突然訪問することを繰り返していた。

昭和五（一九三〇）年、長谷川泰子が山川幸世《やまかわゆきよ》との子供を出産した。それでも泰子をあきらめきれない中也は、この子の名付け親となっている。しばらく前から中也はフランスへ遊学することを希望し、その手段として外務省書記生となるため、東京外国語学校への入学を目指していた。

当時の中也は、西荻窪に住んでいた。八畳の書斎兼寝室には大きな勉強机と椅子の他には、鉄製のベッドが置かれていた。台所には、七輪と茶碗が数個あるだけだったという。

別の男性の子供を出産した後でも、中也の長谷川泰子への思いは変わらなかった。一方で彼は酒場の女性などに対してにらむようにして声をかけ、性急に同棲することを迫ることもあった。

昭和六（一九三一）年四月には、東京外国語学校専修科仏語部に入学している。

昭和七（一九三二）年、中也は詩集『山羊《やぎ》の歌』の出版をめざしたが、なかなか刊行にいたらなかった。このころには、「白痴群」の同人である安原喜弘とよく行動を共にしていた。安原が中也の故郷を訪れたときのことである。長門峡《ちょうもんきょう》で、突然驟雨《しゅうう》に襲われた。

私達は岩陰にあるたつた一軒の休み茶屋の縁に腰を下ろし、耳を聾《ろう》する流の音を聞きながら静かに酒を汲んだ。彼は少しずつではあるが絶えず物語つた。やがて真赤な夕陽が雨上りの雲の割れ目からこの谷間の景色を血の様に染めた。詩人は己を育てたこの土地の中に身を置いて今しきりに何事かを反芻するものの如くであつた。

（『中原中也の手紙』安原喜弘編著　玉川大学出版部）

発病――幻覚妄想状態

中也に明らかな精神変調が出現したのは、昭和七（一九三二）年の秋のことである。中也は自らの詩集『山羊の歌』の出版に奔走したにもかかわらず、遅々として進まず疲弊の果てにあった。

中也の心に、恐怖と不安感が押し寄せてきたのである。彼の周囲のすべてのもの、家も木も、瞬く星も、親しい友人も、彼に対して敵意を持って囁き始めた。風も小鳥も、声無き恐怖の声を上げ始めた。また「友人たちが出版を妨害している」という被害妄想も出現した。

彼を包む世界全体が暗い雲で覆われた。中也は、世界がそのまま崩れ落ちていくような恐怖を感じた。取り乱した心のまま中也は町を徘徊し、多くの人々と彼の感じる架空の「敵」のために衝突を繰り返した。

年が明け昭和八（一九三三）年になり、中也の精神もようやく平衡を取りもどした。その年の三月、中也は東京外国語学校専修科を卒業した。安定した精神状態が続いていたので、一時は疎遠となっていた文学仲間と進んで交流するようになった。学生相手に、フランス語の個人レッスンも始めている。

また以前とは人が変わったように、若い文学青年たちとも、親しく付き合うことが多くなった。坂口安吾らの紹介で、雑誌「紀元」にも参加した。それでも酒が入ると、周囲を厳しくやりこめることは多かった。中也にあこがれていた太宰治も、宴席で中也から厳しく糾弾された一人である。

十二月に、中也は遠縁にあたる上野孝子《たかこ》と結婚し、四谷区花園町に新居を構えた。同じアパートに、青山二郎が住んでいた。小林秀雄との交流も、このころに復活している。翌年十二月にはようやく『山羊の歌』が出版になった。装丁は高村光太郎によるものである。しかし文壇では、ほとんど話題にならなかった。

この時期、一時中也は就職することを試みた。知人の紹介によってＮＨＫへの就職が決まりかけたが、「毎日出かけるのはいやだな」と言いだして、お流れになっている（『私の上に降る雪は　わが子中原中也を語る』　中原フク　講談社）。

十月に長男文也が生まれたが、中也はこの子供を溺愛した。この年、小林秀雄が「文学界」の編集責任者となり、以後中也の作品が同誌を中心に発表されることとなった。これによって中也の作品は、次第に広く知られるようになった。

けれども、「白痴群」の同人で長く中也と交流していた安原喜弘によると、この一見安定しているように見えた時期においても、中也の精神には漠然とした猜疑的、被害妄想的な考えは持続して出現していたという（『中原中也の手紙』　安原喜弘編著　玉川大学出版部）。たとえば、中也は安原の妹に対して「とんでもない考へ」を抱いていると安原に疑われていると確信していた。しかし実際は、中也は安原の妹と面識はなく、安原自身にもまったく覚えのないことだった。

昭和十一（一九三六）年十一月、長男が結核性髄膜《ずいまく》炎により急死したことをきっかけとして、中也は再び幻覚妄想状態となる。「巡査の足音が聞こえる」「近所の人の悪口が聞こえる」などの幻聴がさかんにみられた。

翌年一月、家族に連れられて中也は、千葉市にあった精神科病院、中村古峡《こきょう》療養所（現、中村古峡記念病院）に入院した。このときのことを、後に中也は次のように述べている。

最後にお会しましたあと神経衰弱はだん〳〵昂じ「一寸診察して貰ひにゆかう」といひますので従いてゆきました所、入院しなければならぬといふので、病室に連れてゆかれることと思つて看護人に従いてゆきますと、ガチヤンと鍵をかけられ、そしてそこにゐるのは見るからに狂人である御連中なのです。

（『中原中也の手紙』安原喜弘編著　玉川大学出版部）

夭折――死因の不確かさ

中也は、同年二月に精神科を退院した。これは症状が改善したからでなく、自ら病院を逃げ出してきたものだった。退院後も、「散歩をしていると、巡査があとをつけてくる」などといった被害妄想が続いていた。

その後中也の一家は、鎌倉扇ヶ谷《おうぎがや》の寿福寺《じゅふくじ》境内の借家に転居した。ここが彼にとって、最後の住まいとなった。中也は心身とも疲労し、郷里に帰ることを考えていた。九月には、『ランボオ詩集』を刊行する。さらに第二詩集である『在《あ》りし日の歌』のために原稿の整理、編集を行い、原稿を小林秀雄に託した。

十月上旬には、発熱、頭痛、視力障害に加えて、歩行障害などの神経症状が認められた。このため、十月六日に中也は鎌倉駅近くの鎌倉養生院（現、清川病院）に入院したが、意識の混濁が続き、十月二十二日に永眠した。わずか三十歳の生涯であった。診断は結核性髄膜炎とされている。

次に示すのは、小林秀雄による弔文の一部である。

先日、中原中也が死んだ。夭折《ようせつ》したが彼は一流の抒情詩人であつた。字引き片手に横文字詩集の影響なぞ受けて、詩人面をした馬鹿野郎どもからいろいろな事を言はれ乍《なが》ら、日本人らしい立派な詩を沢山書いた。事変の騒ぎの中で、世間からも文壇からも顧みられず、何処かで鼠《ねずみ》でも死ぬ様に死んだ。

中也の精神疾患がどのようなものであったか検討したい。中也の病像は急性の幻覚妄想状態である。いったん改善がみられるが、数年後に再発した。このような精神症状がみられる疾患として、二つの可能性が考えられる。

第一に考えられるものが、統合失調症である。統合失調症は幻覚、妄想を主要な症状とし、次第に病状が進行していくことが一般的な特徴である。

第二の可能性として、なんらかの脳の器質的な疾患があげられる。中枢神経系の感染症や腫瘍、あるいは血管障害によって、このような精神症状を示すことがある。アルコールや薬物によっても同様の精神症状を示すケースがみられるが、中也の場合、これらは否定できると思われる。

中也が統合失調症であったことを、積極的に否定できる証拠はない。安原喜弘の回想からは、症状の回復期においても被害妄想的な考えが散発していたと考えられ、これは統合失調症という診断を支持する。

もっとも、通常統合失調症の患者は、性格が内向的で対人関係に問題があり、人付き合いを避ける傾向が強い。常に文学仲間と積極的に交流を求めた中也の日常は、統合失調症の病前性格（これを分裂病質あるいはシゾイドパーソナリティ障害と呼ぶこともある）とは異なっている。

さらに病的な精神症状が比較的短期間で改善し、慢性化していない点も、統合失調症としてはまれである。しかし統合失調症においても、「緊張型」と呼ばれるサブタイプは比較的早期の回復がみられ、統合失調症の類縁疾患である「非定型精神病」「統合失調感情障害」などにおいては症状が慢性化せずほぼ完全に治癒することが知られている。したがってこの点からも、統合失調症説を否定できない。

ここで、中也の死因について検討しておく必要がある。中也の死因は結核性髄膜炎とされているが、この診断は確かなのであろうか。

この当時、結核は頻度の高い疾患であった。中也の長男、弟の恰三《こうぞう》の死因も結核であるとされている。さらに中也の死後まもなく、幼い次男の愛雅《よしまさ》も結核性髄膜炎で死去している。また中也の家庭教師であった村重正夫と、親しく交流した詩人の富永太郎も結核により亡くなった。

したがって中也本人にも結核が感染していたとしても、不思議ではない。ただ結核という診断に疑問が残るのは、中也においては、咳や発熱などの結核特有の呼吸器を中心とした症状がはっきりしない点である。

医師であった深草獅子郎《ししお》によれば、昭和十二（一九三七）年十月に中也の眼症状について往診した眼科医は、「うっ血乳頭」の所見を見出したという（『わが隣人中原中也』深草獅子郎　麦書房）。これは頭蓋内の圧力が亢進した場合にみられる症状であり、入院先の担当医は「脳腫瘍」という診断を下した。

脳腫瘍などにより頭蓋内圧が上昇すると、重症例では意識の障害がみられ、昏睡にまで至る。これは中也の症状に一致している。ただし結核においても脳内の腫瘤《しゅりゅう》（結核腫）を形成する場合があり、結核という診断と必ずしも矛盾はしない。

中也の死因が結核性髄膜炎と結核腫によるものと仮定した場合、二度の「精神病」のエピソードとの関連はどのように考えたらよいのだろうか。中也の精神病の発症は昭和七（一九三二）年で、死亡した昭和十二年からさかのぼること五年になる。

この時間的な経過を考えると、昭和七年の時点ですでに脳に結核性の病変がみられ、これが精神病を引き起こした可能性はごく小さい。むしろ二回の精神病と死に至った原因疾患である結核は、別の病気であったと考えたほうが妥当であると思われ、中也は統合失調症、あるいはその関連疾患を発症していた可能性が大きい。

中也の親しい友人であった作家の大岡昇平は、その著書の中で中也が精神病（統合失調症）であったことを強く否定し、二度の病相はどちらも心理的なストレスが原因であったと主張している。大岡のこの主張は、中也の遺族への配慮に基づくものであったらしい。あらためて言うまでもないが、たとえ中也が統合失調症に罹患していようとも、彼の作品や人生の評価が低められるものではない。

大岡は中也の診断として「ヒステリー」をあげている。ヒステリーとは神経症の一種で、「身体的な障害がみられないにもかかわらず、感覚障害や運動障害を示す」疾患である。あるいはストレスが原因で記憶障害やけいれん発作がみられるものも、ヒステリーに含まれている。いずれにしても、中也の病像はヒステリーとは異なっている。

中也が亡くなってから四十年あまり後、中也の弟である中原思郎《しろう》は、かつて中也の恋人であった長谷川泰子から速達の手紙を受け取った。「淋しいの。思郎さんにお会いしたいの。会ってお話がしたいのよ」という文面にどこか不愉快さを感じた思郎であったが、同時に不吉な感じがして、急いで山口県から上京した（『中原中也ノート』　中原思郎　審美社）。

日本橋で会った泰子は、「ヨーロッパの乞食」のようにみすぼらしく見えたが、そのまなざしは彼を脅迫するように引きつけた。無心話を切り出されるのであろうと思郎は身構えていたが、おみやげの外郎《ういろう》を差し出すと、泰子は「こんなお婆さんになって、中也さんが、私の腕にかえってくるのよ」と思郎を腕に抱いて涙ぐんだのだった。

第七章

島崎藤村

一八七二〜一九四三（享年七十一）

しまざき・とうそん

明治五(一八七二)〜昭和十八(一九四三)年

信州木曽の馬籠で生まれる。生家は本陣や庄屋を務める地方の名家。父は国学者。北村透谷らと雑誌「文學界」を創刊し、劇詩、随筆を発表。処女詩集『若菜集』を発表して文壇に登場。明治浪漫主義の先端となるが、その後、『千曲川のスケッチ』など散文の創作に転向。小諸義塾の教師を辞して上京、『破戒』を自費出版。自然主義小説として絶賛される。『春』(東京朝日新聞)、『家』(読売新聞)など、新聞連載を持つ。代表作に『新生』『幼きものに』『ふるさと』『幸福』『夜明け前』など。

●写真協力＝産経ビジュアルサービス

『夜明け前』――座敷牢の住人

島崎藤村は、正当に評価されていない作家であると思う。しばしば藤村は、「文学の鬼ではあったが、文章は上手いとは言えない」などと批判され、文豪と言われる漱石や鷗外、あるいは芥川龍之介などとの比較においては、一歩も二歩も落ちる扱いをされている。

文芸評論家の福田和也氏は、正宗白鳥《まさむねはくちょう》の次の批評を引用し、私小説家たちは藤村の文学に対する姿勢は崇拝していたが、その作は評価していなかったと述べている。

彼藤村は小説は上手でない。思想も深くはない。人柄が必ずしも傑《すぐ》れているとは云えまい。

（『昭和文学全集2』　正宗白鳥　小学館）

けれども藤村の『破戒《はかい》』（明治三十九／一九〇六年）は、部落差別という社会問題を取り扱った当時としては衝撃的なテーマの作品であった。あるいは、第一詩集である『若菜集《わかなしゅう》』はみずみずしい抒情に溢れた作品集である。藤村がすぐれた「書き手」であり、並の作家が及ばない「思想」を持っていたことは自明である。彼が不当にも低い評価しか与えられないのは、あるいは後述する『新生《しんせい》』事件が尾をひいているからかもしれない。

日本文学の中で、真にワールドワイドな作品といえば、藤村の代表作である『夜明け前』を超えるものは存在しないであろう。芥川龍之介のアフォリズムや川端康成の日本趣味は、もの珍しさの点からすれば、外国人への受けはいいかもしれない。それでも、明治以降の日本の近代小説の中で、海外の著名な長編小説と比肩することが可能な「大河小説」と言えば、何よりも『夜明け前』(昭和十/一九三五年に完結)をあげなければならない。

冒頭の有名な一文は、次のように始まる。


木曾路はすべて山の中である。あるところは岨《そば》づたいに行く崖の道であり、あるところは数十間の深さに臨む木曾川の岸であり、あるところは山の尾をめぐる谷の入り口である。一筋の街道はこの深い森林地帯を貫いていた。


この作品は、幕末から明治初期を時代的な背景として、中仙道の宿場町の名家に生まれた青山半蔵《はんぞう》の生涯を描いたものである。この作品の主人公である半蔵は、藤村の父、島崎正樹をモデルとしたもので、物語は実話に沿って描かれている。

平田《ひらた》篤胤《あつたね》の国学に傾倒し、明治維新を熱狂的に迎えた半蔵であったが、幕末から明治にかけての社会の移り変わりは、理想と考えたものとは程遠かった。旧家を守ることもままならなくなった半蔵は精神的な変調をきたし、菩提寺《ぼだいじ》に火を放った後に、自宅の奥に造られた座《ざ》敷牢《しきろう》に幽閉された。

藤村の父親である島崎正樹も座敷牢の住人だった。島崎正樹が座敷牢に収容された明治十九（一八八六）年ごろ、日本において精神科の治療施設は、まだわずかしか建設されていなかった。明治十二（一八七九）年に上野に建設された癲狂院《てんきょういん》は、巣鴨病院、松沢病院として場所を移しながら発展し精神医療の中心となっていったが、それは後の時代の話である。

東大医学部において精神病学教室が設立されたのは、正樹が座敷牢に収容されたのと同じ明治十九年のことであった。この時期は、日本における精神医学がようやく始まろうとしてきた時期だったのである。余談になるが、当時東大病院においては内科の教授たちの偏見が強く、院内に精神科の病床を建設することができなかったという。

そのころの日本において、精神科の病院に入院するべき患者はどこにいたのかというと、それは座敷牢の中であった。一方、ヨーロッパにおいては、近代の初期において、精神科患者を収容するために、巨大な収容施設が建設された。

その代表的な施設が、パリにあったサルペトリエール病院である。そこでは数千名の人たちを収容していた。彼らの中には、精神科患者だけでなく、浮浪者や犯罪者なども多数含まれていた。

これに対してわが国においては、精神科患者に対する大規模な施設は建造されることはなく、座敷牢の使用が一般的であった。座敷牢がいつごろから存在していたのかは不明であるが、少なくとも江戸時代には用いられていた。江戸時代の資料によれば、殺傷事件を起こした精神科患者に対して座敷牢に監禁するという条件で、奉行所が刑罰を科さずに家族に引き渡したケースが報告されている。

父、島崎正樹の病

藤村の父、島崎正樹は、江戸時代の本陣、庄屋、名主を兼ねた旧家である島崎家の跡取りとして、天保二（一八三一）年に生まれた。正樹は学識深く和漢の書に通じており、村の中に多くの門弟を持っていた。また彼は、熱心な平田派の国学者でもあった。

平田篤胤は、江戸時代後期の国学者である。その思想は本居宣長《もとおりのりなが》らの後を引き継いだもので、儒教や仏教と習合した神道を批判した。彼の思想は尊皇攘夷運動の支柱となり、明治維新の原動力の一つになった。

正樹は「尊王攘夷」の思想に基づいて、次のような和歌をいくつか残している（『「夜明け前」探求―史料と翻刻―』鈴木昭一　おうふう）。

皇神の道ゆく人をまとはすは　佛と耶蘇《やそ》のともにそありける

ここにある「耶蘇」とはイエス・キリストのことである。地元においては「お師匠様」と呼ばれていた正樹であったが、中年になってから、精神的な変調を示すエピソードが知られている。明治七（一八七四）年、上京した正樹は、神田橋を明治天皇が通り過ぎるのを見ていた。このとき彼は、「蟹《かに》の穴ふせぎとめずば高つつみ　後に悔ゆともせんなからめや」という和歌を扇に記して、鳳輦《ほうれん》の窓から投げ込んだのである。

この歌には、名もない民の一人でも、この国の前途を憂えるこころざしは劣らないという思いがこめられていた。しかし、この行動によって正樹は狼藉者として警護のものに捕らえられ、一時は警察に勾留された。

晩年になり正樹は、国学の指針である廃仏毀釈《はいぶつきしやく》に狂信的となり、島崎家の先祖が建立した永昌寺に火を放った。この時点で、正樹には被害妄想と幻聴が出現し、興奮状態もみられたために、本陣内に建設された座敷牢に収容されている。

正樹の精神疾患の発病は五十代である。これは、統合失調症としてはかなり遅い発症であり、一般的ではない。しかし彼の病像は統合失調症に典型的なものであり、診断としては統合失調症か、妄想性障害などの統合失調症の関連疾患であると考えられる。

次に示すのは、『夜明け前』において、青山半蔵が収容される座敷牢が作られる場面である。実在の正樹に対しても、同様の座敷牢が設けられた。

翌朝は早くから下男の佐吉に命じ裏の木小屋の一部を片づけさせ、そこを半蔵が座敷牢の位置と定めた。早速村の大工をも呼びよせて、急ごしらえの高い窓、湿気を防ぐための床張りから、その部屋に続いて看護するものが寝泊まりする別室の設備まで、万端手落ちのないように工事を急がせた。栄吉はまた、町の主立った人々にも検分に来てもらって、木小屋のなかの西のはずれを座敷牢とし、用心よくすべきところには鍵をかけるようにしたことなぞを説き明かした。

座敷牢に閉じ込められた正樹の精神状態に、改善はみられなかった。面会に来る人々に罵声をあびせるだけでなく、自らの排泄物をこね回し檻《おり》のすき間から投げつけた。幻聴や被害妄想が活発にみられ、興奮して怒声をあげることも珍しくなかった。

わが国において精神障害者に対する法律として初めて制定されたものは、明治三十三（一九〇〇）年に施行された「精神病者監護法」である。この法律は、精神障害者の監督義務者の設置を義務づけるとともに、病者を私宅、病院などに監置するには、監督義務者は医師の診断書を添えて、警察署をへて地方長官に願い出なくてはならないことを定めた。

この場合の「監置」とは、私的な監置、つまり精神障害者を座敷牢に収容することを意味していた。つまりこの法律は、精神障害者を収容する座敷牢のシステムを合法化、制度化することが目的であった。

前述したように当時の日本において精神病院は数少なく、座敷牢を用いること自体やむを得ない面も大きかった。精神科の病床は全国のものを合計しても約五千床あまりしかなく、圧倒的に不足していたのである。

島崎家の人々――不遇な一家

藤村自身は狭義の精神疾患には罹患していなかったが、家族においては父だけでなく、姉にも同じ病気がみられている。

藤村の姉である園子は、その最期を精神病院で終えた人である。園子が十七歳ごろのことである。親類筋への縁談があったが、彼女は相手のことを気に入らなかった。しかしはっきりと断ることもできなかったため、倉にこもって施錠をし、自ら刃物で喉を切って自殺を図ったが、幸いなことに命に別状はなかった。

十九歳で園子は、木曽福島の高瀬家に嫁入りした。旧家である高瀬家は、漢方薬の老舗としても知られていた。しかし夫となった高瀬薫は芸者関係のトラブルが絶えず、園子の結婚生活は、幸福とは言えなかったようである。

園子は二人の子供を産んだが、娘の方には知的障害がみられた。藤村は園子ともその夫とも親しくしばしば高瀬の家に長期に滞在をし、そこで小説などを執筆している。

五十代になり、園子は父親の正樹に似た幻覚妄想状態となり、音羽《おとわ》養成院に入院した。その後彼女は根岸脳病院に転院し、そこで亡くなっている。

藤村のきょうだいには、夭折《ようせつ》した二人の姉の他に三人の兄がいた。

長兄であった島崎秀雄は穏やかな人柄であったが、島崎家を維持する力は持っておらず、よく人にだまされた。彼は無理な事業を起こしては何度も失敗を重ねて、島崎家の財産をすり減らした。まさに、没落しつつある旧家の跡取りの典型的なタイプであったが、かなり数奇な人生を送っている。

島崎家の家督を相続した秀雄は、戸長、村長、さらに郡会議員にもなったが、二十八歳のときに事業を始めるために上京した。秀雄は郷里の田畑を売って資金を作り、下谷黒門《くろもん》町にあった倉庫を借りて、氷の販売を始めた。冬の間に氷を運んで倉庫に入れ夏に売り出すつもりであったというが、倉庫の設備が不完全で氷はすべて解けてしまったという。この事業は大失敗だった。

不運なことに、その後秀雄は、事業に関連した不正の罪の責任をとらされ、二度入獄している。また知人にだまされて「人動快進車」という実現不能な事業に投資し、財産を失ったこともあった。中年になって台湾に渡った秀雄は商家の番頭となり、ようやく安定した財産を築いて、日本にもどってくることができた。

次兄であった広助《ひろすけ》は、母方の妻籠の本陣の養子となった。豪放な性格で、朝鮮や中国での生活が長かった。しかしながら、彼は定職についた時期はない。藤村の愛人となったこま子は、広助の次女である。こま子という名は、彼女が朝鮮で生まれたため、朝鮮の別名である「高麗」にちなんで名づけられた。

三兄友弥《ともや》は勉強嫌いの風来坊的な人物で、藤村との仲はよくなかった。藤村の縁者である精神科医の西丸四方《にしまるしほう》によれば、友弥は、藤村の母の不義の子であったという説もある（『島崎藤村の秘密』　西丸四方　有信堂）。友弥は東京で藤村と同じ学校に通っていたが、藤村が飛び級で進級し同じクラスとなったため、憤慨して学校をやめて家を飛び出し、長く音信不通であったという。

旧家の血

明治五（一八七二）年、筑摩《ちくま》県馬籠《まごめ》村（現、岐阜県中津川市）において、藤村は生まれた。実家である島崎家は、馬籠の本陣、問屋、庄屋を兼ねた村一番の旧家であった。前述したように、父である正樹は島崎家の十七代目の当主であり、母ぬいは妻籠の同族の出身であった。島崎家の祖先をたどると、鎌倉武士である三浦氏に行きつくという。三浦氏は現在の神奈川県三浦半島を本拠地としていたが、その一族が戦国時代に信州まで移り住んだと伝えられている。

明治十四（一八八一）年、まだ十歳にもならない藤村は、進学のために上京した。この若年での上京には、精神的な変調が見られ始めた父親と引き離すという目的もあったらしい。三田英学校などで学んだ後、十五歳で藤村はミッションスクールである明治学院普通部に入学した。ここで藤村は、キリスト教を通してヨーロッパの文化に親しむこととなった。

二十歳で藤村は、明治女学校の教師として就職した。当時の女学校では、もっとも評価の高かった所である。教え子には彼より年長の女性も多く、要領よく講義をこなすことは難しかったらしい。

このころ藤村は、北村透谷《とうこく》の作品に傾倒し、自らも習作を発表するようになった。翌年には長兄の秀雄一家が上京し、下谷において藤村と同居するようになった。ところが長兄は、明治二十七（一八九四）年に前述した詐欺事件に連座して拘置所に収監されてしまう。二十四歳、藤村は東北学院の教師として、仙台に赴任した。この当時、詩集である『若菜集』の作品を順に「文學界」に発表するようになった。明治三十（一八九七）年には、春陽堂から『若菜集』の単行本が出版され、全編に溢れるみずみずしいロマンティシズムは高い評価を受けた。

仙台での生活を一年で終えた藤村は、姉の嫁ぎ先に寄宿した後、秦冬子《はたふゆこ》と結婚し、小諸《こもろ》義塾の教師として信州小諸町に赴任した。冬子は函館の網問屋の娘であったが、明治女学校の出身であり、この結婚は、明治女学校の校長であった巖本善治《いわもとぜんじ》がとりもったものである。小諸での滞在は五年に及んだが、この間に『千曲川《ちくまがわ》のスケッチ』などを執筆している。

明治三十八（一九〇五）年、三十三歳になった藤村は小諸義塾を辞職し、上京して西大久保に移り住んだ。藤村はこのとき「小説家」として生きぬく決心を固め、『破戒』の原稿を手にしていた。翌年、部落問題を扱った『破戒』は自費出版され、自然主義文学の代表作として大きな反響を呼んだ。

この後藤村は、『春』『家』などの作品を発表し小説家としての地位を確立していくが、文壇における地位と引き換えたかのように、個人的には次々と不幸に襲われている。明治三十八年から三十九年にかけて、藤村は三人の娘を次々と失った。さらに明治四十三（一九一〇）年には、視覚障害を発症していた妻冬子が、出産後の出血のために亡くなった。

このことから、「藤村は自作のために娘三人を見殺しにした」という伝説が生まれたが、これは誇張されたものである。娘たちの死因は脳炎などの感染症で、「極貧」による栄養失調が直接的なきっかけではなかった。ただこの時期の藤村が作家業に集中し、家族をかえりみる余裕がなかったことは確かである。

後に藤村は若くして亡くなった妻を回想し、「十二年も前にこの世を去つたもので、しかもこの世の辛酸を共にしたもののことが、稀にその人の飲んだビイルのことなぞから私の胸に浮んで来る」と述べ、その心もちを表すものとして次に示す芭蕉の俳句をあげている。

酒のめばいとゞ寝られぬ夜の雪

インセスト——実の姪との恋愛関係

妻を失った藤村は、まだ幼い子供たちの世話のために、次兄広助の娘であるこま子に家事手伝いとして住み込んでもらった。ところが、藤村はこの実の姪と恋愛関係となってしまう。西丸四方は、藤村は自分に性格の似た内気で優秀な文学少女であった姪に強くひかれたのではないかと推測している。

大正二（一九一三）年、こま子から妊娠を告げられた藤村は、この恋愛沙汰から逃れるために、慌ただしくパリに旅立った。こま子との関係は兄広助にだけ打ち明け、他にはいっさいを秘密にしていった。こま子は広助の手はずによって名古屋で出産し、生まれた子はすぐに養子に出されている。

藤村はこの年の四月に神戸からエルネスト・シモン号に乗船し、五月にパリに到着した。その後フランスには、大正五（一九一六）年まで滞在した。パリにおける藤村は生彩がなかったようである。紀行文やエッセイが日本に送られ、その後単行本としてまとめられたが、見るべき内容は少ない。

帰国後の大正七（一九一八）年、藤村はこま子との恋愛事件を題材として、朝日新聞に『新生』を連載した。この小説はこま子自身の承諾を得て執筆されたものであったが、作者と実の姪がモデルであることが知れると、世間の非難が藤村に集中した。

こま子の父親である次兄広助は激怒して、藤村と義絶している。以後広助と藤村は、生涯において顔を合わせることも言葉を交わすこともなかった。ヒロインのモデルとなったこま子は日本に留まることができず、藤村の長兄である秀雄を頼って台湾に渡った。

予想されたことではあるが、これ以後、こま子の人生は苦難の連続となった。ほとぼりのさめたころ、台湾から帰国した彼女は京都で学生寮のまかない婦となるが、ここで知り合った年下の学生と恋愛関係となり結婚する。夫となった京都大学の学生、長谷川博は社会主義者で、こま子も夫の活動を助けることとなった。

しかし夫には収入はなく、警察に勾留されることを繰り返した上に、他の女性に心を移してしまった。生活に疲弊したこま子は行き倒れ同然となって、板橋の養育院に入院となっている。

その後こま子は、藤村を批判した論文を「婦人公論」に発表した。その内容がスキャンダラスに報道されたため、再度藤村は非難にさらされることとなった。当時のこま子には、被害妄想が散発していたようである。外出すると刑事かだれかが部屋の中に入ってくるといって部屋に閉じこもったり、毒かもしれないと食べ物を口にしなかったりすることもみられた。

なぜ藤村は自らの恥部であり、守り通そうとしていた不幸な秘密をわざわざ世間に公表するような行為に及んだのであろうか。この小説は自らの贖罪《しょくざい》のために書かれたのだという解釈もみられるが、おそらく藤村は、自分の経験が小説の題材として最良のものであることに気がついたのである。

人気が高く世間的に高名な文豪が、実の姪との恋愛沙汰を告白する、これが世の中の評判を呼ばないはずがない。すぐれた小説を書くためには、自らとこま子の一生をスキャンダルまみれのものにしたとしても、それは仕方がない、そう藤村は心の内で感じていたのではないかと思う。凡庸でない作家は、目の前に置かれた最高の素材を生かそうという誘惑から逃れられないものである。

後の『夜明け前』についても、これと同様な点がある。この作品の中で、藤村は実の父と姉が精神病に罹患していたことを詳細に述べている。

晩年を故郷である木曽で送ったこま子は、藤村について次のように語っている。

> 最初は叔父を怨み憎んでもおりましたが、だんだん年をとるにつれ、そのような気持はなくなってきました。……私は必ずしも作品のために犠牲になったとは思っておりません。叔父との共同制作だと思っております。しかし、叔父は私からみれば、まして世間しらずの小娘の私からすれば、叔父はたしかに利巧者《りこう》で、どんな窮地に陥っても、身を処する術をちゃんと心得ておりました。まあたとえてみれば、利巧なねずみですよ。
>
> （『島崎藤村コレクション3　藤村をめぐる女性たち』　伊東一夫　国書刊行会）

この小説の執筆の動機には、芥川龍之介が評したように藤村は「偽善的」な一面を持っていたかもしれない。あるいは、『新生』は、生活費の無心を続ける兄広助と縁を切るために執筆されたと指摘する声もある。しかしながら、藤村は冷酷なだけの人物ではなかった。

藤村が、主宰していた雑誌の同人であった加藤静子《かとうしずこ》と再婚してからのことになる。藤村は人気のない公園を散歩しているときなどに、きっかけなく突然激しく号泣することがたびたびみられた。その涙のわけを藤村は語ることはなかったが、身近にいた人には、過去に自分の周囲の人たちを不幸に陥れたことの重みに堪えかねたように思えたという。

晩年の藤村は、静かに時を送った。華美な生活には背を向け、朝早く起きては未完となった『東方の門』を執筆し、夕方からは読書をして過ごすことが多かった。戦争が激しくなると、藤村は大磯の家に引きこもり、昭和十八（一九四三）年、その家で眠るように息をひきとった。藤村は自身が狭義の統合失調症やうつ病を発症することはなかったが、人生の「不幸」とたびたび直面し、繰り返してうつ状態となったため、ここに一章をもうけた。特にパリ在住時の藤村は、反応性うつ病といってもよい状態であったと思われる。

第八章　太宰治

一九〇九〜一九四八（享年三十九）

だざい・おさむ

明治四十二(一九〇九)〜昭和二十三(一九四八)年青森県北津軽郡金木村で、大地主の六男として生まれる。本名は津島修治。十七歳で習作「最後の太閤」を書き、同人誌を発行、小説、戯曲、エッセイを発表。二十歳ごろ同人誌「細胞文芸」発行。東京帝国大学文学部仏文学科に入学するが、留年を繰り返した挙句除籍処分に。「文藝」で発表した『逆行』が第一回芥川賞の候補となるが落選。戦後のベストセラー『斜陽』の他、『晩年』『走れメロス』『正義と微笑』『富嶽百景』『津軽』『パンドラの匣』『ヴィヨンの妻』『人間失格』など代表作も多い。

●写真協力=産経ビジュアルサービス

誤解されている太宰

まず何より認識しなければならない点は、太宰治は大きく誤解されている作家だということである。彼は「無頼な放蕩者」ではないし、放縦な礼儀知らずの人物でもない。あるいは「人間失格」の弱々しい男で、この世で生きていくことに耐えられなかったというのも見当違いである。

太宰治に関してしばしば語られるのは、先輩作家たちに対する一見したところ無遠慮な振る舞いと言動である。昭和十（一九三五）年、『逆行』で第一回芥川賞の候補となりながら落選した太宰は、「文藝春秋」に掲載された川端康成による「作者目下の生活に厭《いや》な雲ありて、才能の素直に発せざる憾みあつた」という選評に怒り、川端に反論したことはよく知られている。

おたがひに下手な嘘はつかないことにしよう。私はあなたの文章を本屋の店頭で読み、たいへん不愉快であつた。これでみると、まるであなたひとり、芥川賞を決めたやうに思はれます。

（「文藝通信」　昭和十年十月号）

この太宰の反論に対して川端も翌月号にレスポンスを寄せているが、日本を代表する作家の胸中を知ることができ、読みごたえのあるものとなっている。川端に対する太宰の文章は、賞を逃した恨みつらみから先輩作家に楯ついたというよりも、正統な文学論をしかけたように思える。

また太宰は、玉川上水での心中事件に際して残した遺書に、師匠格であった小説家井伏鱒二《いぶせますじ》に対して、「みんな、いやしい慾張りばかり、井伏さんは悪人です」と書き残しているが、これも物議を呼んだ。この遺言の文言について、太宰の真意は不明であるが、彼独特の逆説的な表現と考えるのが適当であろう。

精神医学の分野でも、太宰治は誤解されている。ある評論においては、太宰治を「境界例（境界性人格障害）」と断定しているが、これはまったくの誤りである。

境界例は「パーソナリティ障害（人格障害）」の一つであり、対人関係の不安定さ、感情面で動揺しやすく、社会的な問題行動を繰り返すなどの特徴がある。太宰は自殺企図こそ数回しているものの、全般的な社会適応は良好で、妻であった津島美知子《つしまみちこ》の回想録（『回想の太宰治』人文書院）に述べられているように、多くの弟子たちや編集者に慕われた人物である。境界例の診断はあてはまらない。

中山書店の『臨床精神医学講座　S8　病跡学』においては、太宰は「操縦型人格」という診断基準にもない病名をつけられ、「自己中心的で自らの自己愛を満足させる手段としてのみ他人と付き合い、他人を思いどおりに操ろうとする」ことを特徴とする病的なパーソナリティであると決めつけられている。だがこの「診断」には実証的な根拠は存在しておらず、古いタイプの頭でっかちな精神科医による妄言に過ぎない。

太宰治の抱えていた精神疾患はうつ病である。その経過は順次述べていくが、太宰の近親者の男性が二名、自殺によって亡くなっていること、薬物中毒のため入院したとされている東京武蔵野病院において、精神症状の治療のために電気ショック療法を受けていることなどの事実が傍証としてあげられる。太宰のうつ病はストレスに反応して出現する特徴があり、うつ状態の持続期間は比較的短かったようである。

自殺した近親者の一人は、太宰の次姉としの息子で、太宰の甥にあたる津島逸朗《いつろう》だった。彼は太宰と年齢も近く親しくつき合っていたが、上京し東京医学専門学校に在学していた。その逸朗が前触れもなく、薬物により自殺した。逸朗は太宰の代理であると偽り、知人の病院関係者から鎮痛薬であるパビナールなどの薬物を手に入れて、それを自ら注射して命を失った。

もう一人の自殺者は五所川原《ごしょがわら》にある津島家の分家の長男で、やはり東京に遊学中の自殺であった。このように自殺既遂者が複数出ている事実を考えると、太宰が精神疾患の遺伝的な素因を持っていたことはかなり確かである。

太宰治は、文筆家からも誤解されている。作家の猪瀬直樹《いのせなおき》氏は、『ピカレスク　太宰治伝』（文藝春秋）の中において、太宰治の繰り返した自殺未遂について「偽装」であると断定しているが、これもまた誤った見方である。彼の自殺未遂には、必ず精神状態の悪化が伴っていたのである。

津軽での幼少期、青春期

明治四十二（一九〇九）年、太宰治は、青森県北津軽郡金木《かなぎ》村（現、五所川原市金木町）の大地主である津島家の第十子、六男として生まれた。長男、次男は夭折したため、事実上は四男であった。

津島家は明治維新以降、金融業を中心として急速に成長した新興の富裕層である。この一族は膨大な地所と三百戸あまりの小作人を有し、収入も県内のトップクラスであった。このため多額納税者で、津島家は貴族院議員の資格を有していた（当時は、有資格者が回りもちで議員をしていた）。

明治三十九（一九〇六）年、太宰の父源右衛門《げんえもん》は町の中心に豪壮な邸宅の建築を開始し、翌年にそれは完成した。津島邸の斜め前には金木警察署の建物があり、小作争議から津島家

2021.12
幻冬舎文庫
冬の読書フェア
寒い日だから、
ずっとおうちで。
GENTOSHA
幻冬舎
最新刊
長濱ねる

しらふで生きる
大酒飲みの決断

町田 康

大酒飲み作家は、突如、酒をやめた。数々の誘惑を乗り越えて獲得した、よく眠れる痩せた身体、明晰な脳髄、そして人生の寂しさへの自覚。饒舌な思考が炸裂する断酒記。

737円

探検家とペネロペちゃん

角幡唯介

北極と日本を行ったり来たりする探検家のもとに誕生した、圧倒的にかわいい娘・ペネロペ。その存在によって、探検家の世界は崩壊し、新たな世界が立ち上がった。

693円

文豪はみんな、うつ

岩波 明

文学史上に残る10人の文豪――漱石、有島、芥川、島清、賢治、中也、藤村、太宰、谷崎、川端。このうち7人が重症の精神疾患、2人が入院、4人が自殺している。精神科医によるスキャンダラスな作家論。

693円

神奈川県警「ヲタク」担当 細川春菜2
湯煙の蹉跌

鳴神響一

露天風呂で起きた奇妙な殺人事件の捜査応援要請が、捜査一課の浅野から春菜に寄せられた。二人は「捜査協力員」の温泉ヲタクを頼りに捜査を進めるのだが……。

書き下ろし

737円

小説文庫

鰻と甘酒
居酒屋お夏 春夏秋冬

岡本さとる

書き下ろし

「あの姉さんには惚れちまうんじゃあねえぜ」。暗い過去を持つ女。羽目の外し方も知らぬ純真な男。二人の恋路に思わぬ障壁が。新シリーズ待望の第四弾。

715円

眠らぬ猫
番所医はちきん先生 休診録二

井川香四郎

書き下ろし

番所医の八田錦が、亡くなった大工の死因を"殺し"と見立てた折も折、公事師（弁護士）を名乗る男が、死んだ大工の件でと大店を訪れた。男の狙いとは？

847円

儚き名刀
義賊・神田小僧

小杉健治

書き下ろし

遺体で見つかった武士は、浪人の九郎兵衛が丸亀藩時代に命を救ってもらった盟友だった。下手人は義賊の巳之助が信頼する御家人。仇を討ちたい九郎兵衛と無実を信じる巳之助が真相を探る。

759円

狐の眉《まゆ》刷《は》毛《け》
小烏神社奇譚

篠 綾子

小烏神社の氏子である花枝の元に、大奥にいるかつての親友お蘭から手紙が届く。久し振りの再会を喜ぶ花枝だったが、思いもよらぬ申し出を受ける。草

803円

ピースメーカー　天海

波多野聖

僧侶でありながら家康の参謀として活躍した天海。江戸の都市づくりに生涯をかけた男の野望は、乱世を終え、天下泰平の世を創ることだった。彼が目指した理想の幕府（組織）の形とは。

書き下ろし

880円

新しい考え

どくだみちゃんとふしばな6

吉本ばなな

オリジナル

翌日の仕事を時間割まで決めておき、朝になって全部変えてみたり、靴だけ決めたらあとの服装はでたらめで一日を過ごしてみたり。いつもと違う風が心のエネルギーになる。

737円

アウトロー文庫

全告白　後妻業の女

筧千佐子の正体

小野一光

夫や交際相手11人の死亡で数億円の遺産を手にした筧千佐子。なぜ男たちは「普通のオバちゃん」の虜《とりこ》になった？　稀代の悪女の闇に迫るインタビュー。

803円

嘘だらけでも、恋は恋。

草凪　優

書き下ろし

元ヤクザ・崎谷の前に突然下着姿で現れたホステス・カンナ。魂をさらけ出すような彼女のセックスに溺れていく崎谷だが、やがて不信感を覚え始め――。

803円

時代

江戸美人捕物帳

入舟長屋のおみわ　春の炎

山本巧次

書き下ろし

北森下町のお美羽は火事の謎を、役者のように整った顔立ちの若旦那と探る……。切ない時代ミステリー！

803円

光と風の国で

お江戸甘味処　谷中はつねや

倉阪鬼一郎

書き下ろし

「紀州の特産品で銘菓をつくれ」それがはつねやの使命。音松は半年でいくつの菓子を仕上げられるか。さらに藩名にちなんだ「玉の浦」は銘菓と相成るか。

847円

信長の血涙

杉山大二郎

天下静謐の理想に燃える信長だが、その貧弱な兵力では尾張統一すらままならない。やがて織田家の家督を巡り弟・信勝謀反の報せが届くが……。涙もろく情に厚い、全く新しい織田信長を描く歴史長編。

979円

映画公開

決戦は日曜日

高嶋哲夫

書き下ろし

谷村は、大物議員の秘書。暮らしは安泰だったが、議員が病に倒れて一変する。後継に指名されたのが議員の一人娘、自由奔放で世間知らずの有美なのだ――。全く新たなポリティカルコメディ。

693円

を守っていたという。

太宰は実母が病弱であったため、はじめは乳母により、後に伯母により養育を受けている。太宰が三歳のとき、県会議員であった父が衆議院議員に当選した。

大正五（一九一六）年、太宰は金木尋常小学校に入学した。彼は成績優秀であったが、悪戯好きで教師をからかい廊下に立たされることもあった。また作文が得意で、その内容は教師を驚かせたという。

ちなみに、現在青森県の北部に位置する金木町は、津軽鉄道の沿線にある。津軽地方の中心地である弘前からはJR五能線を用いると約五十分で五所川原駅に至り、さらに津軽鉄道に三十分ほど揺られると金木駅に到着する。

この地は、津軽平野の中央に位置する農耕地域である。津軽地方が正史に登場するのは平安末期から鎌倉時代以降のことである。中世においては、平安時代に強い勢力を持っていた安倍氏の末裔であるという安東氏が、現在の十三湖《じゅうさんこ》付近にあった十三湊《とさみなと》を根拠地として中国や朝鮮との国際貿易に携わり、大きな利益をあげていたという。十三湊は貿易港として繁栄していたことが発掘品などから推定されているが、今はその面影はない。

津軽地方は、伝承の宝庫である。その中でもよく知られているのが、源義経《みなもとのよしつね》に関するものである。文治五（一一八九）年、源頼朝《よりとも》の命を受けた奥州藤原氏の棟梁、藤原泰衡《やすひら》に急襲された義経は、平泉にあった衣川館《ころもがわのたち》で自害したと伝えられている。しかしその後の時代に、義経は衣川から落ち延びて津軽地方を北上し、十三湊から蝦夷《えぞ》地、さらには千島《ちしま》に渡ったという「義経北行伝説」が生まれた。

太宰の生まれた津島家の屋敷は戦後売却され「斜陽館《しやよう》」という旅館となっていた。最近になって市がこれを購入し、太宰治記念館として一般に開放した。金木町のはずれには、太宰がしばしば訪れた芦野《あしの》公園という自然公園がある。その公園の一角にある地蔵尊は、下北半島の恐山とともに、イタコによる口寄せで知られている。

大正十二（一九二三）年、太宰は青森中学校に入学し、青森市内の親戚の家から通学した。この同じ年、父が五十二歳で病没した。中学では学業は優秀で級長も務めたが、文学の世界にも足を踏み入れるようになった。太宰が「蜃気楼《しんきろう》」という同人誌を編集し、自ら表紙の絵まで描いたのはこの当時のことである。

太宰の中学時代について、同級生である中村貞次郎《ていじろう》によれば、成績もよく一年生からずっと級長でとおした。太宰は人柄のせいか級友たちから親しまれ、人気者という方があたっていたという（『太宰治の「カルテ」』　浅田高明　文理閣）。

昭和二（一九二七）年、十八歳で、太宰は旧制弘前高校に入学した。弘前時代の太宰は、文学と左翼活動に揺れた日々を過ごした。芥川龍之介の自殺にショックを受けたころより、彼は青森市の芸者屋をひんぱんに訪れた（ここで知り合った小山初代《おやまはつよ》と、後に東京で同棲することになる）。またプロレタリア文学に触発され、同人誌「細胞文芸」に、自らの出自を否定するような内容の、地主階級を告発する小説を発表したのはこのころであった。

とは言っても、太宰の高校時代は決して切羽詰まったものではなかったようである。井伏鱒二の文章から引用する（『太宰治』　筑摩書房）。

太宰君は弘前の高等学校に在学中、物覚えのいい子だが大変なおしやれで、秀才といふ点でも、おしやれの点でも、人の追随を許さぬものがあつた。粋な着物に角帯をしめ、白足袋に雪駄ばきといふいでたちで、稽古本をふところに入れ、いまも尚ほ健在である義太夫の女師匠のところに通つてゐた。料理屋通ひも豪勢で、必ず土曜日ごとに弘前から遠出の汽車で、青森の大きな料亭に行つてゐた。

昭和四（一九二九）年、二十歳の太宰は睡眠薬カルモチンを大量服用し自殺を図るが、未遂に終わった。この自殺未遂について詳細は明らかではないが、学業成績の低下と将来への不安、身近に迫った左翼運動への警察の摘発、芸妓である小山初代との恋愛問題などのスト

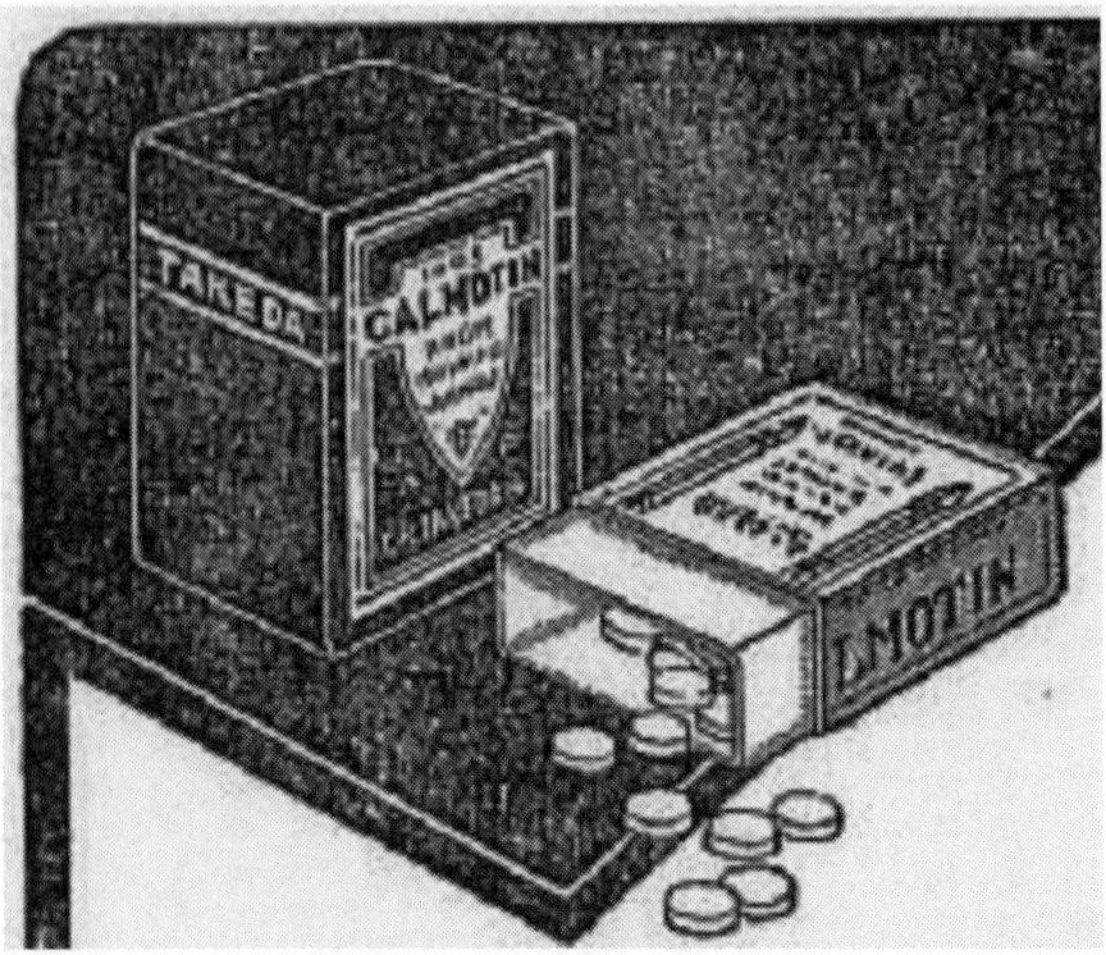

カルモチンの当時の広告

レスによって引き起こされたうつ状態が原因であると考えられる。

カルモチンは古くから発売されていた睡眠薬である。現在でもブロバリンという商品名で処方が可能である（一般名はブロムワレリル尿素）。大量に服用しても、比較的安全であるが、死亡例も多数報告されている。

カルモチンを用いた自殺は、当時ポピュラーな自殺の方法であった、太宰の最初の自殺未遂から多少時代は下るが、昭和七（一九三二）年には、徳川慶喜《よしのぶ》の十男で勝海舟《かつかいしゅう》の養子になっていた勝精《かつくわし》伯爵が、広尾の愛人宅においてカルモチンにより心中している。さらに昭和十一（一九三六）年には、作詞家鹿山映二《しかやまえいじ》郎《ろう》が愛人の芸者と長野県塩尻峠においてカルモチンにより心中し、同じ年には、大久保《おおくぼ》光野《みつの》男爵と妻房子が横浜市の日米ホテルにおいてカルモチンにより心中した。

七里ヶ浜心中の真相

昭和五（一九三〇）年、二十歳で太宰治は東京帝国大学仏文科に入学した。既にこのとき彼は、作家になることを心に決めていた。というのは、仏文科に入学したのはもっとも入学しやすい学科だったからであり、さらに太宰は旧制高校時代にフランス語の勉強をしていなかった上に、入学後にも勉強するつもりはなく、卒業するつもりがないままに大学に入学したのである。事実その後の彼は、大学の講義にまったく出席せず、一つの単位も取得しなかった。

大学時代、彼は多くのトラブルに見舞われながらも、創作にあけくれた。一時共産党のシンパ活動に加わった時期もあったが、これは中途でやめている。

東大に入学した年の秋、太宰は事件の主人公となった。青森時代に親しくしていた芸妓、小山初代が出奔して上京し、このため実家との間で紆余曲折があったものの、太宰は彼女と結婚する予定となった。ところがその直後の同年十一月、太宰は銀座のバー・ホリウッドに勤める女給、田部《たなべ》シメ子と、鎌倉の七里ヶ浜の海岸でカルモチンによる自殺をはかったのである。

この心中事件は東奥《とうおう》日報に、「津島県議の令弟修治《しゅうじ》氏　鎌倉で心中を図る」と大きく報じられた。太宰の本名は津島修治である。朝日新聞にも、「帝大生と女給、情死を図る」と記事が掲載されている。

亡くなったシメ子は広島県出身、まだ十八歳だった。役者を目指す内縁の夫と上京したのは、同じ年の七月である。太宰がシメ子と知り合ったのは九月で、心中事件の二か月前であった。このころには、シメ子と夫の仲が険悪になっていた。

太宰は秘密のうちに小山初代と同居するつもりであったが、事の次第が津島家に露見し、結婚するには津島家からの除籍が条件となった。太宰が期待した財産分与はなかった。学生にしては多額の借金があった太宰はこれによって立往生した状態となり、反応性にうつ状態に陥ったのである。

十一月二十五日、太宰は郷里の後輩を連れて銀座のホリウッドに繰り出した。やけくそな酒である。翌朝まで飲み続けた太宰は、シメ子を連れて浅草の町をさまよった。このとき、やはり生活に疲れていたシメ子が、死にたいと言い出したという。

そのまま太宰とシメ子は行動をともにし、二十七日、二人は神田の万世《まんせい》ホテルに泊まり、遺書を書き残している。二十八日に彼らは、現場となった鎌倉、七里ヶ浜に向かった。

前述した猪瀬の『ピカレスク　太宰治伝』によれば、この心中も偽装ということになっている。太宰は婚約をした小山初代と別れ、分家除籍を逃れるため、さらには左翼運動とも手を切るきっかけとして、シメ子との心中を企てたというのである。しかしながら、臨床医としてみると、猪瀬の説は納得がいかない。

最近でも大量服薬をし、救急病院に搬送される患者は数多い。その多くは、「真剣に」自殺を企てているわけではない。周囲へのアピールのために自殺未遂をするケースはしばしばみられる。彼らは生命の危険を伴わないように安全なクスリをセレクトして服用したり、大量服薬した直後に自ら救急車を呼んだりすることも多い。

そのような観点から見直せば、鎌倉の心中は「演技的な」自殺未遂のようには思えない。季節は十一月末の晩秋の海辺である。気温はかなり低かったであろう。太宰たちが入水したか、あるいは海岸に留まったかは不明であるが、いずれにしろかなり体温が下がり、凍死の危険性は高い。二人は、短時間で発見される工夫はしていない。猪瀬の指摘と異なり、この心中は危険度の高いものであった。

事実、事件の結果、太宰は助かったにもかかわらずシメ子は死亡した。太宰は自殺幇助罪で取り調べを受けたが、家人の奔走により不起訴となっている。

作家誕生とともに、慢性的なうつ状態に

昭和五（一九三〇）年十二月、太宰は小山初代と仮祝言をあげた。翌年二月に、五反田に新居を構えた。ただし、正式な入籍はしなかった。

生活費は実家からの仕送りに頼っていた。大学には足を向けず、読書と創作に専念している。昭和七（一九三二）年には、『思ひ出』を執筆、翌年「太宰治」の筆名で同人誌に発表し好評を得た。これが作家、太宰治の本格的な出発点となった。

昭和十（一九三五）年、大学卒業が絶望的となった太宰は都新聞社の入社試験を受けたが、結果は不合格だった。将来に対して悲観的となった太宰は、鎌倉、鶴岡八幡宮の山中で縊死を図ったが失敗に終わる。このことが、その後数年間続くことになる苦難の時代の始まりであった。

同年四月、太宰は虫垂炎で入院したがその経過が不良で、腹膜炎となる。その鎮痛のために鎮痛薬パビナールを使用し、次第に習慣化するようになる。この間も創作は続けており、八月、冒頭に記したように『逆行』が芥川賞候補となるが落選する。九月には、授業料未納によって大学を除籍となった。

芥川賞を逸したショックは大きく、太宰の情動は不安定となり、一日中籐椅子に寝そべって動かなかったり、突然走りだして遠浅の海の中を歩きだしたりすることもみられた。東武

線の線路に立ったまま動かず、電車を止めたこともあったという。このころは、うつ状態が慢性的に持続していたと思われる。

　昭和十一（一九三六）年、創作は続けられ処女作『晩年』が出版されたが、パビナールへの薬物依存が引き続きみられ、精神状態は不安定なことが多くなる。自著の出版記念会で、人目もはばからずうなだれて涙を流し続けることもあった。

　こうした状態を見かねた井伏鱒二らのはからいによって、太宰はこの年の十月に精神科の病院である東京武蔵野病院に入院した。入院中は鎮痛薬を断薬するとともに、電気ショック療法を受けた。十一月の退院時において、いったん精神症状は安定していたが、翌昭和十二（一九三七）年、妻の初代の不倫を知り、水上温泉でカルモチンによる心中を企てたが失敗する。この心中未遂をきっかけとして、初代とはこの年の六月に離別した。

　この当時、すでに太宰は肺結核を発症していたようである。カルテによれば左肺に雑音があり、咳、痰もひんぱんで発熱することもよくみられた。

　太宰が低迷期を抜け出したのは、昭和十四（一九三九）年に、井伏鱒二の仲介で石原美知子と結婚したことがきっかけとなった。太宰は甲府に新居を置き、『女生徒』『富嶽《ふがく》百景』などの作品を発表し、作家としての地位を固めていった。これ以後原稿の依頼も多くなり、経済的にも安定した生活を送れるようになった。

心中の時代

世間で起こる無理心中、あるいは拡大自殺というものは、うつ病患者によって引き起こされる例が多い。心中とは、元来、相愛の男女が一緒に自殺することである。太宰治が生きた時代は、「心中の時代」でもあった。最近では、見知らぬ男女がネット上で参加者を募集し心中を図る「ネット心中」や、介護疲れが原因の親子心中に関する記事をしばしばみかける。

過去に何度か、心中が「ブーム」のようになった時期があった。江戸時代には、『曾根崎《そねざき》心中』（元禄十六／一七〇三年 近松門左衛門《ちかまつもんざえもん》）をはじめ、心中ものが歌舞伎、浄瑠璃などで大ヒットをし、これが現実の心中事件を誘発した。

昭和になってからも、心中が流行した。その端緒となった事件は、昭和七（一九三二）年に起きた「坂田山心中」と呼ばれるものである。

神奈川県の大磯は、都心から列車で一時間半ほどの距離にある。この場所は、元々は財閥である岩崎家の所有地であった。

昭和七年五月九日の朝、東海道本線大磯駅北の裏山で松露《しょうろ》狩りをしていた地元の青年が、若い男女の心中遺体を発見した。男性は学生服姿に角帽、女性は藤色の和服姿で、ともに裕福な装いだった。女性は裾が乱れぬよう膝元を赤い紐で結んでいた。彼女の口からは赤茶色に変色した液体が流れ落ち、手にはかきむしった雑草が握られていた。二人の手に届く範囲の草は、服毒の苦しさを紛らわすためか、すべて引き抜かれていた。

遺体の傍らにはヘリオトロープの鉢植え、三越の風呂敷包み、薬の瓶《びん》があった。風呂敷の中には文芸書（『赤い鳥』『北原白秋詩集』など）があり、瓶は写真現像液を作るときに用いる猛毒の昇汞水《しょうこうすい》（塩化第二水銀）だった。彼らはこの昇汞水によって心中したのである。

男性は男爵家の一族で、慶應義塾大学経済学部の三年、調所五郎《ずしょごろう》（当時二十四歳）であり、女性は静岡県裾野の大富豪の令嬢、湯山八重子《やえこ》（同二十二歳）であることが判明した。二人が知り合ったのは、東京にあるキリスト教会である。心中の原因は、女性が親から交際を反対されたことによるものだった。

この心中事件は五・一五事件や昭和恐慌などの当時の暗い世相の中、純愛を貫いた「坂田山心中」ともてはやされた。事件後わずか二週間で松竹によって映画化（『天国に結ぶ恋』、五所平之助監督）され、この映画と主題歌は大ヒットした。

この同じ年に、坂田山においては二十組もの心中事件が発生した。『天国に結ぶ恋』のレコードを聞きながら心中した事件もあった。

他に、この時代に起きた心中事件を拾ってみると、少しさかのぼるが、本書の第二章で述べたように、大正十三（一九二四）年には、作家の有島武郎が愛人である編集者の波多野秋子と軽井沢で心中し、腐乱死体で発見されている。昭和三（一九二八）年には、東京帝大卒で高等学校の教授をしていた北川三郎と、麻布六本木にあった誠志堂カフェの女給、小林よね子が富士五湖の一つである精進湖《しょうじこ》近くの樹海で心中を図った。これは「精進湖心中」と呼ばれ、映画化もされている。女性はカルモチンの大量服薬により死に至ったが、男性は死にきれず縊死を試みたがこれも果たせず、放浪の末に数日後山中で凍死した。

坂田山心中の起きた昭和七（一九三二）年には、ピアニスト近藤柏次郎《はくじろう》と新橋大和屋の芸者千代梅《ちようめ》がガス心中をし、さらに新宿ムーランルージュの歌姫、高輪芳子《たかなわよしこ》が「新青年」の小説家中村進治郎《しんじろう》と四谷のアパートでガス心中を図っている。

昭和九（一九三四）年には、小説家佐藤紅緑《こうろく》の四男である久と二歳年長の恋人の大江輝子が、宿泊先の仙台で薬物により心中したが、久のみ死亡した。亡くなった久の長兄サトウ・ハチローは後に作詞家、作家として活躍し、妹である佐藤愛子も作家として有名になっている。

太宰の起こした心中事件はあくまで個人的なものであったが、このような「心中の時代」の空気に触発されたものであるとともに、それを助長したものであったと言えるかもしれない。

昭和戦前における情死既遂者数

年	人数
昭和2年	29人
昭和3年	47人
昭和4年	63人
昭和5年	51人
昭和6年	68人
昭和7年	93人
昭和8年	103人
昭和9年	99人
昭和10年	99人
昭和11年	177人
昭和12年	79人
昭和13年	60人
昭和14年	41人
昭和15年	10人
昭和16年	13人
昭和17〜20年	0人

佐藤清彦氏は『にっぽん心中考』(文藝春秋)において、新聞記事に掲載された心中事件による自殺既遂者の数を調査した。これは必ずしも正確な死亡者数を反映しているわけではないであろうが、表に示したように、昭和十(一九三五)年前後において心中事件が多発していることが明らかになっている。

終焉——入水自殺

結婚後、三鷹に居を構えた太宰は作風も安定し、文学仲間との小旅行にもしばしば出かけた。また多くの文学青年が、太宰を慕って自宅を訪問した。太宰の死後、後追い自殺をする田中英光《ひでみつ》との出会いもこのころである。

戦中から戦後にかけて、戦火を避けるため太宰一家は、甲府からさらに津軽にまで疎開している。こうした中でも太宰の創作意欲は衰えることなく、次々と作品を執筆した。

昭和二十一(一九四六)年に、太宰は帰京した。戦後太宰は流行作家となりジャーナリズムにもてはやされたが、肺結核が悪化し喀血《かっけつ》がひんぱんにみられ、身体的な疲労は激しかった。精神的にも不安定となることが多く、意味なく人を恐れたり、行方をくらましたりすることもみられた。これには私生活上での女性関係によるストレスも関連していた。太宰本人の言葉によれば、「何が何やら、病気になつた上に、女の問題がいろいろからみ合ひ、文字通り半死半生の現状」であった。

昭和二十二（一九四七）年、三鷹にある行きつけの店で、太宰は美容師の山崎富栄《やまざきとみえ》と偶然知り合った。翌年、太宰と死を共にすることとなる女性である。富栄は東京の本郷生まれ、父は美容学校の創設者であった。

彼女の亡兄が弘前高校の卒業生であったこともあり、わずかな間に二人は意気投合した。このしばらく前、別の愛人である太田静子が太宰の子を身ごもり、十一月に出産することになる。

この年の七月、太宰は代表作となる『斜陽《しやよう》』を完成させた。その結果、太宰の作家としての名声は高まるが、肺結核は悪化し身体的な疲弊状態はさらに強くなった。こうした中で太宰は、「小説の神様」と呼ばれ、文壇の象徴的存在であった志賀直哉に対して公然と批判を始めた。

太宰は富栄のアパートにとどまることが多くなった。肉体的に衰弱する中、執筆はやめなかった。喀血もひんぱんとなり肉体的な衰弱は強く、口述筆記に頼ることも多かった。死の数か月前、太宰に会った井伏鱒二は、「船橋にゐたころのやうに暗い顔をして、衰弱のしかたもひどい」と薬物中毒の再発を心配している。実際のところは、結核の悪化による身体的な衰弱が著しかったものと思われる。

新潮社の編集者である野原一夫は、この時期の太宰の様子について次のように記している。

その頃の太宰さんは、もうからだが衰弱しきっていた。富栄さんの部屋で、私は太宰さんが喀血《かっけつ》するのを見たことがある。下に新聞紙をしいたバケツを両手でつかみ、背中をかがめて吐いた。その背中を、富栄さんがさすっていた。

（『回想　太宰治』野原一夫　新潮社）

昭和二十三（一九四八）年六月、愛人の山崎富栄とともに、太宰は玉川上水に入水して死亡した。三十九年の人生であった。

太宰の死は自殺によるものであるが、結核と実生活上のストレスによって極度に疲労し、疲はい性うつ病の状態にあったことが自殺の直接的な原因であると考えられる。戦後抗結核薬が一般に普及するまで、結核は致死性の病であり、太宰の周辺で多くの文壇人がこの病に倒れている。

結核により若くして亡くなった作家をあげてみると、太宰より前の時代においては、正岡子規、国木田《くにきだ》独歩《どっぽ》、長塚節《たかし》、樋口一葉《ひぐちいちよう》、石川啄木らがあげられる。太宰と同時代人としては、梶井基次郎《かじいもとじろう》、宮沢賢治、中原中也、織田作之助《おださくのすけ》らも結核により命を落としている。太宰は家族の何人かが結核で若死にしていることもあり、自らの命がそう長くはもたないことを自覚していたようである。

第九章

谷崎潤一郎

一八八六〜一九六五(享年七十九)

たにざき・じゅんいちろう

明治十九(一八八六)~昭和四十(一九六五)年

東京府東京市日本橋蛎殻町に生まれる。中学一年で書いた『厭世主義を評す』が周囲を驚かせ神童と呼ばれた。東京帝国大学文科大学国文学科を中退。和辻哲郎らと第二次「新思潮」を創刊し、『誕生』『刺青』を発表、永井荷風に激賞される。関東大震災以後、関西を拠点に執筆、『痴人の愛』『卍』『蓼喰ふ虫』『春琴抄』などを発表。戦争中に『細雪』の執筆を始め、戦後に発表。晩年も、『鍵』『瘋《ふう》癲《てん》老人日記』など傑作を数多執筆。ノーベル文学賞の候補にもなる。

●写真協力=産経ビジュアルサービス

不安神経症(パニック障害)

明治、大正、昭和と三つの時代にわたって活躍した文豪の谷崎潤一郎は、神経症患者であった。神経症は、ドイツ語で「ノイローゼ」である。これは日常用語として、広く用いられているものである。しかし神経症という病名は、いくつかの意味を持っている。

十八世紀にイギリス人の医師カレンによってこの用語が初めて用いられたとき、「神経症」は、精神疾患だけでなく、神経疾患（脳血管障害、てんかんなど）も含む広い意味で用いられていた。つまり「精神」と「神経」に関連するあらゆる種類の疾患を含んでいた。

その後の医学的な進歩によって、原因の明らかになった疾患が「神経症」から分離された。その結果、神経症という病名は、「心理的な原因によって、さまざまな精神症状や身体症状が引き起こされる」心因性疾患の総称として用いられるようになった。

これまで、神経症の多くは、心理的なストレスや本人をとりまく環境的な問題と関連すると考えられてきた。通常問題となるのは、家族関係や職場のストレスである。しかしながら、神経症の発症には、患者本人のパーソナリティやストレスに対する脆弱性という要因も重要である。

神経症には多くのサブタイプがある。もっともよく知られている神経症として、不安神経症があげられる。最近では不安神経症という病名は用いず、「パニック障害」と呼ばれることが多い。一時谷崎は、このパニック障害の症状を持っていた。

パニック障害においては、身体的な疾患が存在しないにもかかわらず、突然、動悸、呼吸困難、めまいなどの発作（パニック発作、あるいは不安発作）を繰り返すものである。パニック発作には、通常強い不安、恐怖感が伴う。そのまま死んでしまうのではないかと怯えることもよくみられる。

パニック発作を繰り返して起こすと、次第にまた発作が起きるのではないかという不安が増大する。これを「予期《よき》不安」と呼んでいる。この予期不安によって、外出などの行動がしばしば制限される。

パニック発作は、特定の場所や状況で誘発されることが多い。特に電車や飛行機などの乗り物が誘因となることはよくみられる。これはその場所に閉じ込められるという恐怖が、発作を引き起こすためである。電車については、各駅停車は乗れるが、急行や特急はだめだという場合が多い。

パニック障害の患者は、発作を起こしやすい状況に対して不安感を持ち、それを避けるようになる。聞きなれない言葉であるが、このような状態を「広場恐怖」と呼んでいる。

谷崎においても、広場恐怖を伴うパニック発作がみられた。特に二十代には重症で、不安や恐怖感のために、長距離の電車に乗ることができなかった。また弟である谷崎精二《せいじ》にも中年になってからパニック発作が出現し、急に気分が悪くなり、動悸と息苦しさがみられたという。

古い精神医学の教科書を見ると、神経症の原因について、ジクムント・フロイトが提唱した精神分析の理論によって説明していることが多い。「精神分析」によれば、神経症は無意識の中の解決されていない心理的な葛藤が引き起こすものとされている。

つまり、幼少期などの発達過程における心的外傷（いわゆるトラウマ）に伴う感情が「抑圧」され、これが後に神経症の症状に変化して出現するという。心的外傷にはいくつかの定義があるが、この場合には、本人の意に沿わない性的なできごとや虐待体験などを示している。

しかし、ここで認識すべき点は、精神分析による神経症の理論は、過去の遺物であるということである。精神分析は、人間の精神を総合的に捉えようとした試みであった。しかしながらそれは単なる仮説に過ぎず、フロイトの概念には科学的な証拠はまったくといっていいほど存在していない。

精神疾患に対する医学的な理解が進むにつれ、フロイト理論の誤りが明らかなものとなっている。さらに精神分析による「心理療法」の有効性はわずかで、逆に症状を固定化したり悪化させたりする例が多いことが示されている。

さらに強迫神経症も

谷崎潤一郎には、前述した不安神経症（パニック障害）の他に、強迫神経症の症状もみられた。強迫神経症とは、強迫観念と強迫行為を主な症状とするものである。最近は、「強迫性障害」という病名を使うことも多い。

強迫観念とは、否定しても繰り返し浮かぶ観念や衝動である。本人の意思に反したものであるにもかかわらず、それに抵抗できない。たとえば、「戸締りをし忘れたのではないか」と繰り返し考えてしまう人がいる。この場合、必ず戸締りをしたことはわかっていても、何度も戸締りのことを考えてしまうのである。

強迫行為は、強迫観念に伴って出現する常同的な行為である。戸締りや火の始末をしても、それを忘れたのではないかと不安になり、何度も確認してしまうことが「強迫行為」である。強迫観念や強迫行為に捕らわれた状態を、「制縛状態《せいばく》」と呼ぶ。

強迫観念は、日常的なものから奇異なものまでさまざまである。人前でわいせつな言葉を発しはしないか、急に相手を殴りはしないかなどというものがある。また強迫行為には、電柱や敷石の数が気になり数えないと不安で仕方がない、ささいなことでも理由を確かめないと気がすまないものなどがみられる。

強迫神経症は、従来まれな疾患であると考えられていた。しかし、最近の大規模な調査によれば、ある時点での有病率は総人口の一〜二％であるのに対して生涯有病率は三％ほどみられ、まれな疾患ではないことが明らかになっている。

谷崎潤一郎には、さまざまな強迫症状がみられたことが知られている。谷崎夫人の回顧録（『倚松庵《いしょうあん》の夢』谷崎松子　中央公論新社）によれば、谷崎が強迫的に時間を厳守したことが記されている。


「執筆の時間は、生涯の幕を閉じる四五日前まで厳守され、朝食がすむと直ぐに書斎に入った」

「私ばかりでなく誰にでも這入って貰いたがらない神聖な書斎で、先ず書信の整理の後秘書の人が十時につくと同時に開始され、十二時五分前に休止、昼食、昼食後お昼寝一時間余、それから書斎に三時迄籠《こ》もり、三時には居間に戻ってお八つ、その後は三十分余庭の散歩、また執筆、五時には終了、六時半には夕食をすませ、こゝ二三年は夕食後にベッドに入ってラジオをきゝながら眠ることが多くなったが、体の調子のよい時は書物を披《ひら》くこともあった」

「これらの日課が五分でも狂うことがあると忽ち険悪で、秘書の人でもなぜ遅れたと中々追及が厳しかったようであった」

谷崎はこうした時間に対する強迫観念に加えて、小説と同じ生活をしなければ執筆にとりかかれないという習性があった。『春琴抄《しゅんきんしょう》』の執筆時においては、小説のように食事の箱膳を古道具屋で買い求めてこれを使った。『源氏物語』の現代語訳を執筆している際には、自宅の内装を源氏の舞台のように平安朝に似せた造りに改装をしている。

谷崎の初期の作品である『異端者の悲しみ』には、彼の強迫的な心性がよく描かれている。主人公章三郎は、八丁堀の路地の長屋で、両親と、病気の妹と貧しい暮らしをしている。友人が急死したことをきっかけとして、彼は死の恐怖に強迫的にとらわれた。「死」という言葉が異様な響きを含んで響き、常に「死そのもののような黒い影」にとらわれたのである。この死への恐怖を打ち消そうと、彼は放蕩に明け暮れたが、やがて彼の内的なエネルギーは創作活動に向かい、幻想的な小説を完成させるに至った。この自伝的な作品によって、谷崎が自らの強迫的な衝動を創作に向けていく過程が示されている。

汽車恐怖症

二十代の谷崎には、「汽車恐怖症」もみられた。現在の診断名でいうならば、「広場恐怖を伴うパニック障害」である。短編『悪魔』は伯母の家に下宿している佐伯という大学生が従妹の女性に翻弄される話であるが、その中に次のような記述がある。

名古屋から東京へ来る迄の間に、彼は何度途中の停車駅で下りたり、泊まつたりしたか知れない。今度の旅行に限つて物の一時間も乗つて居ると、忽ち汽車が恐ろしくなる。

(中略)

「あツ、もう堪らん。死ぬ、死ぬ。」

かう叫びながら、野を越え山を越えて走つて行く車室の窓枠にしがみ着くこともあつた。いくら心を落ち着かせようと焦つて見ても、強迫観念が海嘯《つなみ》のやうに頭の中を暴れ廻り、唯《ただ》わけもなく五体が戦慄し、動悸が高まつて、今にも悶絶するかと危ぶまれた。さうして次の下車駅へ来れば、真つ青な顔をして、命から〴〵汽車を飛び降り、プラツトホームから一目散に戸外《おもて》へ駈け出して、始めてほつと我れに復《かえ》つた。

当時の谷崎にも、この小説の男性と同様の症状がみられた。さらに汽車に乗ることだけでなく、映画館や床屋も恐怖の対象になった。床屋で「気分が悪いから」と刈りかけの頭で外に出たこともあった。

また同じ時期に、不潔恐怖の症状も出現した。「電車の吊り皮につかまったり、階段の手摺りに触れたり、風邪を引いた人とすれ違ったりすると、たちまち血相を変えて携えたオキシフルで消毒する」というエピソードも知られている。この当時の不安、恐怖感について、谷崎は次のように述べている。

活動写真などは、それでも恐恐見に行ったものだが、三等席の出口に近い所にゐて発作を感じると急いで飛び出した。（中略）その外、床屋に行くことがイケなかった。じっと腰掛けて、首の周りを締められて、髪を刈られてゐると、きまつて不安になつて来る。それを職人に悟られまいとして一生懸命にこらへる。そのために尚恐くなる。鏡に映る自分の顔が土気色をして、死相を湛へてゐる。

この汽車恐怖症の症状は数年で消失し、結婚直後には一か月あまりの中国旅行も可能になった。ただ同時に出現した彼の強迫神経症は、こうした恐怖症と密接な関連を持っていると考えられる。恐怖症は特定の状況において強い不安・恐怖感が誘発されるものであるが、強迫症状はこうした不安・恐怖感を基盤としてそれを回避するために生じることが多いからである。

江戸下町生まれ

谷崎潤一郎は、明治十九（一八八六）年に東京市日本橋区蛎殻町《かきがら》（現、中央区日本橋人形町）において生まれた。潤一郎の祖父久右衛門は、一代で成功した「にわか成金」の商人だった。彼は活版所や洋酒、米の仲買などで、新時代に財産を築いた。谷崎というのは母方の姓で、戦国時代の武将である蒲生氏郷《がもううじさと》氏の家臣にその名がみられるという。

潤一郎の父である倉五郎は酒問屋の出身であったが、婿養子として谷崎家に入り、三女せきと結婚した。潤一郎はその次男であるが、長男は出生直後に死亡したため、戸籍上は長男として届けられている。

母親せきは、錦絵のモデルにもなった美貌の女性であった。母には谷崎と同様の神経症の傾向がみられた。谷崎精二の記憶によれば、きれい好きだが度を越しており、家に帰ると必ず塩と軽石で手を三十分あまり洗っていたのだという（『明治の日本橋・潤一郎の手紙』谷崎精二　新樹社）。これは不潔恐怖の症状である。

またせきには、パニック障害の症状もみられた。深夜に精二は突然、父親に起こされたことがあった。母が苦しがっているから、大至急医者を呼んできてほしいという。精二は急いで医者の家まで行き、医者はすぐ往診に来てくれたが、診察しても母親の身体に異常はまったくみられなかった。

このせきの症状は、パニック発作である。パニック発作においては、動悸、呼吸困難などの症状が出現するが、身体的な異常所見はみられない。

谷崎精二の回想によれば、この当時の日本橋近辺の暮らしぶりはのどかなものであった。おとなしい物乞いが家にやってきて、「病気をして国へ帰りますんで、どうかおぼしめしを」などといってくることもよくみられ、両親は五銭か十銭恵んでやったという。

倉五郎の代になって、谷崎家の家業は急速に衰えた。それでも谷崎の小学校入学当時は、乳母が付き添って登校するなど、経済的な余裕はみられたようである。一緒にいた乳母の姿が見えなくなると、谷崎はたちまち泣き出して学校から帰ってくることもあった。

谷崎は日本橋区にある阪本尋常小学校高等科を卒業し、明治三十四（一九〇一）年に府立第一中学に進学した。経済的に進学は困難な状況であり、父は谷崎を商人にするつもりで丁稚奉公《でっちぼうこう》に出そうと考えていた。だが谷崎は上の学校に行きたいと懇願し、伯父からの援助を得て学業を継続することが可能となった。

中学時代に谷崎は文学に対する本格的な関心を持つようになり、級友である笹沼源之助らと「学生倶楽部」という回覧雑誌を始め、小説などの作品を発表した。中学では成績優秀で、飛び級となった。

明治三十八（一九〇五）年、谷崎は第一高等学校の英法科に進学した。彼は、すでに築地精養軒の経営者宅である北村家に書生兼家庭教師として住み込んでいたが、小間使いの女性との恋愛問題のために、北村家をやめなければならなくなった。そのため、谷崎は高校の寮に入ることとなった。

明治四十一（一九〇八）年、谷崎は東京帝国大学国文科に進学した。このときすでに文学の道に進むことを心に決めていた。この当時谷崎は精神的に不安定となることがみられ、中学からの友人である笹沼の家が所有していた茨城県の別荘で静養している。

この谷崎の「神経衰弱」は、二十歳のころよりみられた強迫症状と広場恐怖を伴うパニック障害が悪化したものである。当時の谷崎には、ある言葉が浮かんでくると、それがいつまでも頭から離れないという強迫観念がみられた。また地震などに対する「死の恐怖」もひんぱんに出現した。こうした神経症の症状は三十歳ごろまで散発していたが、その後は軽快している。

谷崎にとって文壇への道は、早期に開かれた。谷崎は明治四十三（一九一〇）年、小山内《おさない》薫《かおる》らを中心とした第二次「新思潮」に参加した。谷崎はこれに初期の代表作である『刺青《しせい》』を発表している。

さらに明治四十四（一九一一）年に、雑誌「スバル」に『少年』『幇間《ほうかん》』を発表したが、これらが永井荷風らにより絶賛され、声価は決定的となった。同じ年に最初の作品集である『刺青』が刊行されている。

悪魔主義の作家

デビュー以来立て続けに作品を発表した谷崎は、その絢爛たるテーマと退廃的、耽美的な作風から、「悪魔主義」の作家と呼ばれるようになった。当時の谷崎は自ら進んで放浪生活に身を置いていた。谷崎精二によれば、当時は家族にも行方のわからないことがよくあったという。

しかし自らをそういう「芸術家」的な状態に置いた時期でも、谷崎には一家の長男という意識が強かった。当時も谷崎は、六人の弟妹に対して、できるだけの経済的な援助を行っていた。

弟の精二とは対立することが多かった。二人は、一時は絶縁状態となっている。精二は「早稲田文学」の創刊号に『谷崎潤一郎論』を書いたが、ここで谷崎は酷評され、「『青春物語』のようなだらしのない昔噺《むかしばなし》が直《す》ぐ一冊の本に纏《まとま》つて出版されるのは羨ましくもあり、無遠慮に云へば作者のために恥づかしくもある」と述べられている（『谷崎潤一郎伝　堂々たる人生』　小谷野敦　中央公論新社）。

二十九歳、放浪生活をやめた谷崎は、石川千代と結婚し、本所区小梅町に新居を構えた。千代は群馬県前橋の出身で、向島で芸妓をしていた。結婚後間もなく、谷崎は新居に千代夫人の妹せい子を引き取った。後に『痴人《ちじん》の愛』のモデルとなるこの少女に谷崎は強く惹きつけられた。

この当時谷崎は映画に関心を持ち、大正活映で制作、脚本を担当した。愛人とした義妹のせい子を、自ら脚本を書いた映画に女優としてデビューさせている。谷崎は千代を思慕する作家の佐藤春夫に妻を与え、せい子と再婚しようとしたが、せい子はこれを拒絶した。このため千代との離婚話を白紙にもどしたため、佐藤との間柄が険悪となった。これを「小田原事件」と呼ぶ。当時の谷崎は、小田原に住んでいた。

関東大震災をきっかけとして、谷崎は関西に移住した。昭和五（一九三〇）年、谷崎は千代夫人と離婚、離婚と同時に千代はかねてから思いをかわしていた佐藤春夫と結婚した。これが有名な「細君譲渡事件」である。

昭和六（一九三一）年、谷崎は文藝春秋社の「婦人サロン」の記者であった古川丁未子《とみこ》と再婚した。しかしすぐに心変わりをし、大阪の豪商の夫人であった根津松子に心を寄せた。その後、ともに連れ合いと離別した谷崎と松子は、昭和十（一九三五）年に結婚している。

松子との結婚後、谷崎の創作意欲は以前にも増して旺盛になった。源氏物語の現代語訳を完成させた後には、昭和十八（一九四三）年からは関西を舞台とした大作である『細雪《ささめゆき》』の連載を開始した。この小説は時局にふさわしくないものとして当局から発禁処分となったが、その後も書き続けられ、最終的には戦後になって刊行されている。

昭和三十年代になっても谷崎の創作意欲は衰えを見せなかった。『鍵』『瘋癲《ふうてん》老人日記』などは、この時期に執筆されたものである。晩年、谷崎は神奈川県の湯河原町に住み、脳梗塞の後遺症に悩まされながらも、七十九歳で他界するまで執筆の手を休ませることはなかった。中年期以降の谷崎が、神経症の症状に悩ませられることはなかったようである。

第十章

川端康成

一八九九〜一九七二(享年七十二)

かわばた・やすなり

明治三十二(一八九九)〜昭和四十七(一九七二)年 大阪府大阪市北区此花町で生まれる。父親は医師。幼くして、次々に近親者を亡くす。中学二年で作家を志し、「京阪新報」「文章世界」に投稿する。東京帝国大学文学部英文学科に入学し、同人誌「新思潮」(第六次)を創刊。翌年には同人雑誌「文藝時代」創刊、『伊豆の踊子』などを発表。「文藝春秋」「手帖」「近代生活」「文学」「文學界」の同人も。『伊豆の踊子』『雪国』『新文章読本』『みずうみ』『古都』など、数多の名作を残す。六十九歳で、ノーベル文学賞を受賞。●写真協力＝産経ビジュアルサービス

文学における「意識の流れ」という手法

一瞬、一瞬、心の中に持ち上がり想起する感情や思考、あるいは取りとめないけれど心を浮きたたす記憶の断片を、そのまま文章として定着させることはできないものだろうか。淡くまとまりのない、時には夢のようでもあり、また別の折りには荒れ狂うような奈落の苦しみを、あるいは抑えようがなく激しく押し寄せるこの感情を、表現として成立させるにはどうすればよいのだろう。

もしそうしたことが可能であれば、凡庸でありきたりの日常生活を描いただけの小説とは、まるで異なった作品が生み出される。人の「心」が瞬時のうちに揺れ動き、荒れ狂う様をなんとか描いてみたい。

おそらく、「意識の流れ」という手法は、このような作家たちの創作上の考えの中から生み出されたものなのだろう。自らの「心」の中には、自分でもとらえきれない、あるいは言葉によって簡単には表現することができない、「不穏」で、抑えつけることのできない炎のような固まりが存在していることを、作家は自覚している。

それは時には、暴力的な衝動のようなものであり、あるいは悲しみに類似した感情であることもある。しかしそうした思いにとらわれることは、自分の人生を危うくする。心のままに行動することは、世の中の基準を平気で踏み外してしまうからである。

ある作家たちはそのような背徳的な心の動きを作品として表すことで、かろうじて精神の均衡を保ってきたのであるし、本章で述べる川端康成もそうした作家の一人であった。川端自身は自らの精神のとらえきれない部分を好んで「魔界」と呼んでいたが、「意識の流れ」は、この魔界の描写に適切な手法であった。

心理学の仮説によれば、人は通常は意識していない、隠された「願望」に支配されているのだという。ジクムント・フロイトの意見に従えば、人はみな性的なエネルギーにコントロールされているということになる。

しかし、人の「心」というものは、フロイトやその模倣者たちが述べるように、一元的な事象によって規定されているものではない。他者から投げかけられた言葉を知覚するとき、あるいは心を寄せる恋人の顔に浮かんだ瞬間の表情を認めるときに、必ず感情を伴った記憶の断片が呼び起こされる。

それは、フロイトの言うように「性」のエーテルで色づけされた内容のこともあるけれども、破壊的な憤怒の思いにつながるかもしれないし、あるいは抑えようのない、懐かしさをいざなうこともある。

小説において「意識の流れ」の手法を用いた代表的な作品は、何よりもまず、ジェイムズ・ジョイスの『ユリシーズ』である。『ユリシーズ』は、主人公の青年スティーブン・デイーダラスと冴えない中年男レオポルド・ブルームのダブリンにおける一日を、「意識の流れ」の手法を用いて描いた。

この作品において、「意識の流れ」は極限にまで推し進められた。その行きつく先は、言語の解体である。精神医学の用語で言えば、見知らぬ言葉が作られ、関連のない単語が並べられた「言葉のサラダ」の状態にまで至っている。

不思議なことであるが、日本において「意識の流れ」を用いた傑作を生み出したのは、若い前衛的な書き手ではなかった。古典的であると同時に、日本を代表する作家であった川端康成だった。「意識の流れ」の手法を用いた作品である『みずうみ』は、文庫版で百五十ページあまりの小品でありながらも、川端の最高作ともいうべき抒情的、耽美的な描写に溢れたものであり、さらに世の中の常識に背を向けたスキャンダラスな作品に仕上がっている。

『みずうみ』――「愛」「恋」とサイコキラーの共通点

川端康成は、日本で初のノーベル文学賞を受賞した作家であるとともに、その作品である『伊豆の踊子』や『雪国』は、日本文学の代表作として称賛されている。また多くの彼の作品は映画化、テレビドラマ化され、それに加えて川端本人も文化勲章など世俗的な栄誉を数多く受けている。しかし川端自身は、そのような「栄光」ではなく、自らの人生においては異なるものを求めていたように見える。

この昭和三十（一九五五）年に刊行された『みずうみ』という小説の主人公である桃井銀平は、元女子高教師の中年男性である。妻子持ちであった銀平は教え子の女子高生を恋人にしてしまうが、そのことが勤務先に露見してしまい、学校から追放される。家族のもとを去り、日常的な世間から追放された銀平は、逆に彼自身の妄執の世界に耽溺するようになる。

世の常識から自由となった銀平は、あてもなく町をさまよい歩き続けるのだった。美しい女性を「発見」すると、銀平はその後を取りつかれたかのように追跡する。小説は、銀平の「意識の流れ」を描写する。それは、目の前にある町の風景から、ふと故郷の町の思い出に漂ったかと思うと、さらに彼が後を追っている少女へと移ろっていく。

この少女の奇蹟のような色気が銀平をとらえてはなさなかった。赤い格子の折りかえしと白いズックの靴とのあいだに見える、少女の肌の色からだけでも、銀平は自分が死にたいほどの、また少女を殺したいほどの、かなしみが胸にせまった。

ここに描かれているのは、男女の「愛」や「恋」の本質であろう。きれいな言葉で物語ろうとも、あるいは流行りのファッションで包んでみたとしても、「愛」「恋」の本質は相手を捕獲して離さず、自分の意のままにしようとすることである。それが昂じてしまえば、相手を殺戮し滅ぼすことにもなるし、文字通り食らうことにもなってしまう。

このような感情は、川端にとっては、「ものの哀れ」や「はかない美」などの抒情につながるものだったかもしれない。しかしこれはまた一方で、サイコキラーによる残忍な犯罪の根底にある感情とも共通しているものである。

そのような犯罪として思い出されるのは、たとえば平成十一（一九九九）年に起きた「桶川女子大生ストーカー殺人事件」である。事件の主犯は、複数の風俗店を経営していた男性だった。彼は、交際していた二十一歳の女子大生から別れ話を切り出されて激怒した。そして、その直後から、長く続くストーカー行為が始まった。

被害者の携帯電話や家族の電話には、無言電話や脅迫電話がひっきりなしに着信した。加害者は「家族をメチャクチャにしてやる」などと脅す一方で、自宅周辺や父親の勤務先などに彼女を中傷したビラを貼ってまわった。ビラには被害者の顔写真と合成された裸の写真がプリントされ、さらに「男を食いものにするふざけた女。不倫、援助交際あたり前」と誹謗中傷が記されていた。

しかしながら現実のストーカー犯罪と『みずうみ』の銀平の「妄愁」が大きく異なるのは、加害者である銀平と被害者の女性の気持ちが、共振しているような瞬間が存在する点である。銀平に追われた宮子という女性は、手にしたハンドバッグで彼を打ちすえたが、その瞬間には、たとえようもない恍惚感で胸をいっぱいにしていた。

背徳と美

川端自身も、『みずうみ』の主人公と同様に、深夜の徘徊者であったようである。彼は二十代のころから不眠に悩まされて、深夜まで当てもなく街中をうろつきまわることが多かった。まれに早寝をすると、深夜に目覚めてしまい、そのまま眠ることができなかった。

夜更し重なりて次第に夜明しとなり、やがて朝床に入りても寝つけずなり、一仕事終りたる日は心気亢進《こうしん》のため、連日の睡眠不足にもかかわらず、午後または夕方まで眠れず、それも二三時間にして目覚め、忽《たちま》ち家を出て深夜に帰る。（『雑感日記』）

まだ帝大生のころ、川端は結婚しようと決意したことがある。相手は、本郷のカフェ、エランで女給をしていたハツヨであった。いったんは川端のプロポーズを受け入れたハツヨであったが、その後彼を見限り、川端の元を去る。しかし川端は彼女のことを忘れられずに、『みずうみ』の銀平のように、ハツヨの近辺を徘徊するが、思いを果たすことはできなかった。

川端の初期の作品である『死体紹介人』（昭和四～五／一九二九～三〇年）においては、主人公の青年に寄せて、美しい女性の死体に対するエロティックな心情を吐露している。次のシーンは死体となって初めて出会った空想上の「恋人」の女性が、医学生の実習のために解剖台に載せられているシーンである。

いよいよ彼女の体が学生達のメスに切り刻まれるのだと思ふと、ユキ子は私の感情の中に、不思議と生き生きして来たことは事実でした。言つてみれば、多分恋人もなくつつましく暮らしてゐた娘が、死体となつて初めて、白い解剖台の上で、若い男達に女としての媚びを現はした……

作家としてデビューするかなり以前から、川端には女性の身体を「生命」を持つ身体としてではなく、単なる「部分」として偏愛する傾向がみられた。この点について、猪瀬直樹氏は、銭湯の下働きの少女の「足裏」に向けた川端の視線を次のように記した。

踏み出そうとする度に裏が覗《のぞ》かれる、やっぱり美しい。覗かれる最初の瞬間、裏全体が蒼味《あおみ》がかって白ばんでいる。見ているまに、周囲から紅味《あかみ》が押し寄せてくる。その紅味の広がってゆくところ、白味《しろみ》の少しまんなかに取り残されたところに、恐ろしい愛着を見出す。誘惑そして電気のような幻想を感じる。

（『マガジン青春譜　川端康成と大宅壮一』　猪瀬直樹　文藝春秋）

少女の足に対して、川端は単に愛着を覚えるだけではなかった。彼はその足にすすりつきたい、かみつきたいとも思ったのである。

この身体に対する偏愛は、後の作品である『眠れる美女』において、さらにはっきりとしたものとなる。海辺にある宿屋は、老人たちの秘密の快楽の場所であった。その宿の二階の一室に、睡眠薬で眠らされた若い女が横たわっている。その横に添い寝して夜を過ごす老人たちは死を間近にした人たちであり、眠っている女の身体は生命を失った物体のように扱われていた。この作品に対して、三島由紀夫は文庫の解説（『眠れる美女』新潮文庫）の中で、次のように述べている。

その執拗《しつよう》綿密なネクロフィリー的肉体描写は、およそ言語による観念的淫蕩《いんとう》の極致と云ってよい。しかし、作品全体が、いかにも息苦しいのは、性的幻想につねに嫌悪が織り込まれているためであり、又、生命の讃仰《さんぎょう》につねに生命の否定が入りまじっているためである。

近親者の死に彩られた生い立ち

川端の幼年時代、少年時代は近親者の死に彩られた孤独なものだった。明治三十二（一八九九）年生まれの川端は、明治三十四（一九〇一）年父が結核によって亡くなり母の実家に移ったが、さらに翌年には母も亡くなった。父は医師であったが、漢学にも詳しかった。また母の実家は、大阪近郊の素封《そほう》家、すなわち大金持ちであった。

両親を失った川端は祖父母に養育されたが、川端が七歳で祖母が亡くなり、以後は祖父に育てられることになった。川端には四歳年上の姉がいたが、その姉も川端が十歳のときに死亡した。このような境遇にあったため、少年時代の川端は、自分が決して長生きできないものと考えていた。

川端の祖父は易学《えきがく》に詳しく、漢方薬の調剤、施薬なども行う人だった。しかしその祖父も川端が茨木中学三年のときに亡くなり、文字通り天涯孤独の身の上となってしまう。このため川端は中学の寄宿舎に入り、卒業までそこで生活を送った。中学時代には、地元の週刊新聞に感想文や短歌を掲載されたり、大阪の雑誌「団欒《だんらん》」にも投稿していた。

大正六（一九一七）年、中学を卒業した川端は上京し、浅草にあった母方の親戚の家に身を寄せて、予備校に通った。この年の九月には、第一高等学校文科乙類に入学となっている。一高時代には、ロシア文学の他、芥川龍之介、志賀直哉らの作品に傾倒した。入学した翌年には、伊豆の湯ヶ島を訪れており、その後十年あまり、毎年のように伊豆に滞在するようになった。

すでにこのころ、川端は自らが作家として生きていくことを確信していた。次の文章は、川端が友人であった正野勇次郎に宛てた手紙の一部である。


昔から小説を読んでいる時だけ、素的に頭が澄んでくる。作家の素質や同情や技巧がはっきりと姿をあらわす。（中略）中学時代のほんものとにせものの解らなかった頃とは、ずいぶん僕も偉くなったと思う。文壇との隔離も近くなった。

（『川端康成　大阪茨木時代と青春書簡集』　笹川隆平　和泉書院）


大正九（一九二〇）年、一高を卒業した川端は、東京帝国大学文学部英文学科に入学した。

文学への志は強く、第六次「新思潮」の発刊を計画し、菊池寛の元を訪問している。翌年には、「新思潮」に『招魂祭一景』を、「新潮」に『南部氏の作風』を執筆し、作家としても評論家としても、文壇から認められることとなった。さらに大学在学中に、菊池寛が創刊した「文藝春秋」の編集同人となっている。

その後の川端の歩みは順調である。

大正十三（一九二四）年に東京帝国大学を卒業後は、横光利一《よこみついち》らと「文藝時代」を創刊し、新感覚派と呼ばれるようになる。大正十五（一九二六）年には、文藝春秋の編集者、菅忠雄《すがただお》宅に住み込んでいた青森県出身の松林秀子と出会い後に結婚している。この年は、第一作品集『感情装飾』を刊行し、さらに衣笠貞之助《きぬがさていのすけ》監督の映画『狂った一頁』の製作も担当した。

次に示す文章は、新婚当時の夫人の回想である。

小さいときどんな遊びをしたかって聞くので、おはじきとか風船で遊びましたと申しますと、それじゃ買ってきなさい、というわけで、よくいっしょにおはじきをしました。やったことがない、と言うんです。私にしてみれば不思議で、いい年をしておはじきを知らないなんて、おかしな人だと思いました。

（『川端康成とともに』　川端秀子　新潮社）

夫人の回想記には、川端が世間的な金銭感覚がほとんどなかったことも記されている。新婚のお祝いとして菊池寛がくれた祝い金を、白麻《はくま》の蚊帳《かや》や高級な帯、日傘などを買い、あっという間に使い果たしてしまったのだという。

自殺へ

昭和の初期において、川端は創作、評論の執筆に励むとともに、ハンセン病であった北条民雄や作家の岡本かの子の作品を世に出している。昭和八（一九三三）年には、小林秀雄、武田麟太郎らと「文學界」を発刊し、文壇で確固たる地位を示した。

昭和十一（一九三六）年には、鎌倉に住居を移し、以後数回転居をしたが、鎌倉が終生の住まいとなった。終戦の年には、鎌倉在住の文士が蔵書を持ち寄り、鎌倉文庫を開設しているが、川端はその中心的な存在であった。さらに昭和二十三（一九四八）年には、志賀直哉の後を継ぐ形で、日本ペンクラブの会長となっている。

昭和三十年代になると、川端作品が海外で翻訳されることが多くなり、国際的にも高い評価を得るようになった。昭和三十二（一九五七）年には、国際ペンクラブの執行委員会に出席するために渡欧し、翌三十三（一九五八）年には、国際ペンクラブの副会長に選出されている。

昭和三十六（一九六一）年の文化勲章の受賞に引き続き、昭和四十三（一九六八）年にはノーベル文学賞を受賞、作家としては最高の栄誉を得た。しかしこうした栄華の中においても、川端の心は安らかなものとは言えなかった。

若年よりみられた川端の不眠症は年とともに悪化し、昭和三十七（一九六二）年には睡眠薬中毒の治療のために、東大病院の内科に入院している。この入院で不眠症はいったん回復したものの、四年後の昭和四十一（一九六六）年に再び東大病院に入院をした。このときは、二か月あまり、軟禁状態に近い形で入院生活を送った（『川端康成　精神医学者による作品分析』　栗原雅直　中央公論新社）。精神科的にみると、川端の状態は、「睡眠薬依存」といってもよいものであったと考えられる。うつ病など、その他の疾患に罹患していたという兆候はみられない。

昭和四十四（一九六九）年、親しく交流していた三島由紀夫が割腹自殺を遂げ、川端はたいへんなショックを受けた。しかしその後も身辺の多忙さは続き、昭和四十七（一九七二）年に虫垂炎のために入院すると、以後は健康状態がすぐれなかった。

川端が自殺を遂げた昭和四十七年四月十六日は、よく晴れた日曜日だった。鎌倉は観光客でにぎわい、タクシー運転手の枝浪二男は忙しく働いていた。由比ヶ浜から江ノ電の長谷駅に向かっていたとき、枝浪運転手は川端が道の端に立っていることに気がついた。枝浪はこれまで川端を何度か車に乗せていた。

以下の記述は、『自殺作家文壇史』(植田康夫　北辰堂出版)によるものである。

その日の川端は、濃いグレーの上着に、同じ色のズボン姿だった。手には何も持っていなかった。川端の前で枝浪が車を止めると、彼はほっとした様子で乗り込んだ。行き先を、仕事場のある逗子マリーナと告げた。運転手が話しかけても、川端はほとんど無言のままだった。

異変がわかったのは、その日の午後五時すぎのことである。マンションの住人の一人からガス臭いと管理人室に通報があったが、どこからもれているのか特定はできなかった。管理人が再度部屋を回り、部屋の中で息絶えている川端を発見したのは、午後十時近くになっていた。

自殺した川端に遺書はなかった。自殺から五年あまりたった昭和五十二(一九七七)年、筑摩書房の編集者であった臼井吉見は、『事故のてんまつ』(筑摩書房)という作品によって川端の自殺にまつわる話を小説化したが、川端家からの抗議によって出版は差し止めとなった。

川端の自殺は、家政婦として来ていた女性への偏愛が引き金になっているというのがこのモデル小説の骨子である。だが関係者への取材は十分でなく、説得力のあるものとはなっていない。

ただ川端の自殺が多くの人々にとって唐突で予想外のものであったのは事実であり、何らかの心理的なきっかけがあったと思われる。しかし遺書など自殺の「準備」を示すものがほとんどないことを考えると、かなり突発的な出来事であったように思われる。

前述したように、従来の睡眠薬中毒に加えて虫垂炎の手術の影響もあって、川端の健康状態は悪化していた。その結果、通常であれば乗り越えられた些細な「心因」が自殺をもたらすきっかけとなったのではないかと考えられる。

おわりに

ある批評家の言うには、精神科医が書く文芸批評は病気の話ばかりでてくるのでちっとも面白くないという。それは確かにそのとおりなのだろうが、そもそも文芸批評というものに面白いものはめったにない。

しょせん、批評は二番煎じ的なものである。批評の対象となる作品がなければ成立しない。どんな凡庸な作品でも、それを評した一文より価値が劣るということは、まずない。そのような観点からすれば、本書も単なる読み物に過ぎない。

そうは言っても、批評というものの意味が存在しないということではない。すぐれた作品も批評が取り上げられなければ、時の喧騒の中に埋もれてしまうかもしれないからである。本書においては、作家や作品を評するのではなく、紹介することに努めたつもりであることを言い訳として記しておく。

本書に取り上げた作家が罹患した疾患については、必ずしも過去の定説どおりでないものもある。もちろん本書における筆者の議論も、仮説に過ぎずかなりの誤りを含んでいる可能性は否定しないが、それでもこれまでの通説よりも確からしいことを述べることができたと思える。作家と疾患について、本書に述べたことは、筆者にとっても新鮮な発見であることが多かった。

一例をあげれば、芥川龍之介は、自死のしばらく前から幻覚が生じていたことと実母が統合失調症と考えられることから、統合失調症かその関連疾患を発症したとみなされることが多い。しかしながら、芥川の幻覚は睡眠薬による副作用であり、それ以外に統合失調症を思わせる症状はみられず、実生活と文壇の中で追いつめられた心境から自殺に至った状況は、むしろ彼がうつ病に罹患していたことを示すものである。

中原中也の場合も、常識とは異なる結論が得られた。中也は精神科病院への入院歴があるにもかかわらず、その疾患は「ストレス性」「心因性」のものとみなされることが多かった。しかし中也の周囲の話を検討すれば、彼に被害妄想的な言動が頻発していたことは明らかであり、統合失調症に罹患していたと考えるのが妥当である。

驚くべきことに、本書でとりあげた十人の文豪の中で、実に七人が統合失調症あるいはうつ病（躁うつ病を含む）という重い精神疾患に罹患していた。さらに四人が自殺により生涯を終えている。総じて彼らは短命であったが、その作品と彼らが罹患した精神疾患の病理は強く結び付いているという印象が強かった。

本書が文学をひもとこうとする読者への適切な道案内となることを願ってやまない。
本稿を執筆するにあたって、幻冬舎編集部の袖山満一子氏にたいへんお世話になりました。ここに感謝の意を記します。

参考文献については本文中にも記載したが、主要なものについては以下に記載する。

第一章夏目漱石
『漱石全集』岩波書店／『新潮日本文学アルバム2 夏目漱石』新潮社／『漱石の思い出』夏目鏡子・文藝春秋／『父・夏目漱石』夏目伸六・文藝春秋／『夏目金之助 ロンドンに狂せり』末延芳晴・青土社／『漱石文学が物語るもの——神経衰弱者への畏敬と癒し』高橋正雄・みすず書房／『新訳 漱石詩集』飯田利行・柏書房／『房総紀行「木屑録」漱石の夏休み帳』関宏夫・崙書房出版

第二章　有島武郎

『有島武郎全集』筑摩書房／『新潮日本文学アルバム9 有島武郎』新潮社／『「或る女」の生涯』阿部光子・新潮社／『夢のかけ橋 晶子と武郎有情』永畑道子・新評論／『崩壊する生 近代作家の自殺』渡辺凱一・檸檬社／『自殺作家文壇史』植田康夫・北辰堂出版

第三章　芥川龍之介

『芥川龍之介全集』岩波書店／『新潮日本文学アルバム13 芥川龍之介』新潮社／『旧友芥川龍之介』恒藤恭・河出書房／『芥川龍之介の回想』下島勲・靖文社／『追想 芥川龍之介』芥川文・中央公論新社／『芥川竜之介書簡集』石割透編・岩波書店／『藪の中の家 芥川自死の謎を解く』山崎光夫・中央公論新社

第四章　島田清次郎

『地上 全六部』島田清次郎・黒色戦線社／『勝利を前にして』島田清次郎・改造社／『革命前後』島田清次郎・改造社／『天才と狂人の間 島田清次郎の生涯』杉森久英・河出書房新社／『精神界の帝王 島田清次郎 on the Net』 http://psychodoc.eek.jp/shimasei/

第五章　宮沢賢治
『新校本宮澤賢治全集』・筑摩書房／『新潮日本文学アルバム12 宮沢賢治』・新潮社／『不思議の国の宮沢賢治 天才の見た世界』福島章・日本教文社／『兄のトランク』宮沢清六・筑摩書房／『宮沢賢治』吉本隆明・筑摩書房／『新書で入門　宮沢賢治のちから』山下聖美・新潮社／『宮澤賢治あるサラリーマンの生と死』佐藤竜一・集英社／『宮沢賢治研究 時代 人間 童話』石岡直美・碧天舎

第六章　中原中也
『新編 中原中也全集』角川書店／『新潮日本文学アルバム30 中原中也』新潮社／『中原中也の手紙』安原喜弘編著・玉川大学出版部／『私の上に降る雪は わが子中原中也を語る』中原フク・講談社／『中原中也』大岡昇平・講談社／『中原中也との愛 ゆきてかへらぬ』長谷川泰子・角川学芸出版／『中原中也ノート』中原思郎・審美社／『読書ノート』加賀乙彦・潮出版社／『中原中也 帝都慕情』福島泰樹・NHK出版／『朝の歌』大岡昇平・角川書店／『わが隣人中原中也』深草獅子郎・麦書房

第七章　島崎藤村

『島崎藤村全集』筑摩書房／『新潮日本文学アルバム4 島崎藤村』新潮社／『島崎藤村の秘密』西丸四方・有信堂／『父藤村と私たち』島崎蓊助・海口書店／『落穂――藤村の思い出――』島崎静子・明治書院／『松か枝 島崎正樹遺稿』島崎春樹編（私家版）／『「夜明け前」探求―史料と翻刻―』鈴木昭一・おうふう／『島崎藤村コレクション3 藤村をめぐる女性たち』伊東一夫・国書刊行会／『知られざる晩年の島崎藤村』青木正美・国書刊行会

第八章 太宰治
『太宰治全集』筑摩書房／『新潮日本文学アルバム19 太宰治』新潮社／『小説 太宰治』檀一雄・岩波書店／『太宰治』奥野健男・文藝春秋／『太宰治』井伏鱒二・筑摩書房／『回想 太宰治』野原一夫・新潮社／『太宰治の「カルテ」』浅田高明・文理閣／『太宰治――主治医の記録』中野嘉一・宝文館出版／『雨の玉川心中 太宰治との愛と死のノート』山崎富栄・真善美研究所／『ピカレスク 太宰治伝』猪瀬直樹・文藝春秋／『回想の太宰治』津島美知子・人文書院／『にっぽん心中考』佐藤清彦・文藝春秋

第九章 谷崎潤一郎
『谷崎潤一郎全集』中央公論社／『新潮日本文学アルバム7 谷崎潤一郎』新潮社／『明治の日本

橋・潤一郎の手紙』谷崎精二・新樹社／『懐しき人々 兄潤一郎とその周辺』谷崎終平・文藝春秋／『倚松庵の夢』谷崎松子・中央公論新社／『谷崎潤一郎先生覚え書き』末永泉・中央公論新社／『谷崎潤一郎伝 堂々たる人生』小谷野敦・中央公論新社

第十章 川端康成

『川端康成全集』新潮社／『新潮日本文学アルバム16 川端康成』新潮社／『マガジン青春譜 川端康成と大宅壮一』猪瀬直樹・文藝春秋／『事故のてんまつ』臼井吉見・筑摩書房／『川端康成 大阪茨木時代と青春書簡集』笹川隆平・和泉書院／『川端康成・隠された真実』三枝康高・新有堂／『川端康成とともに』川端秀子・新潮社／『川端康成 精神医学者による作品分析』栗原雅直・中央公論社

文庫版あとがき

この本を執筆してから、十年以上の歳月が経過しました。このたびの文庫版の出版に際して、あらためて原稿を読み返してみました。内容が古びていないか心配でしたが、自らの文章であるにもかかわらず、予想外に新鮮な思いを感じながら読み進めることができました。

平成から令和の時代になり、文学の世界においても、多くの作品が出版されていますし、新しい試みもなされています。それにもかかわらず、今回テーマにした「文豪」の作品や生き様は、現代においても決して色あせたものにはなっていないことを再確認できました。

彼らの破天荒で自暴自棄で、時には不真面目で反社会的な生き方は、一般人のお手本になるものとは言えません。むしろ、市井の人たちからは排除し唾棄《だき》すべきものとして扱われても仕方がないでしょう。

しかし一方で、文豪の書く作品が公序良俗に従ったものばかりであれば、あるいはその生き様が市井の常識人と同じようであったのなら、それは何とも退屈でつまらないことだと思います。

もし川端康成の作品が、『雪国』と『伊豆の踊子』に代表される「真っ当」で無難な公立学校の教科書に掲載されるような作品だけだったなら、現在でも人々を引き付けることができるでしょうか。

初期の作品である『水晶幻想』における意識の流れの試み、『眠れる美女』に描かれた背徳的なエロティシズム、本書に述べた『みずうみ』におけるサイコキラーを思わせる猟奇的な心性、こういった事柄は、川端が常に心に秘めていたものであったとともに、「美しい日本の私」の背後に存在していた甘美な「魔界」を見事に表現する内容になっています。日常生活の一歩裏側には、魅力的であるとともにインモラルな深淵のあることを私たちに告げているのです。

島崎藤村の場合も同様です。自らの恥部とも言うべき姪《めい》との恋愛沙汰を小説の題材にし、畢生《ひっせい》の大作『夜明け前』においては、精神病を発症し座敷牢の住人になった実父の姿を包み隠さず描写しました。世間体もプライバシーも超越した藤村の作品には多くの批判が浴びせられましたが、それだからこそ現在でも人々の心と感情を圧倒する力を持っているのだと感じています。

本書で指摘した文豪たちと精神疾患を結び付ける試みについては、多くの異論があるかもしれません。ただ明らかに言える点は、彼らが規格外の人たちで、世間の決めた枠組みに留まることができなかったという事実です。精神疾患を伴ったことは、「異形《いぎょう》」であったことの表れなのかもしれません。

この文豪が活躍した明治から昭和の初期にかけての時代、明治維新を経たとはいっても、日本社会の古くからの伝統的な構造は維持されていました。延々と続いてきた家父長的な枠組みの中において、「アウトロー」であった文豪たちは、周囲と激しい軋轢《あつれき》を起こしながらも、自分の生き方を貫いたのです。

時は流れて令和のこの時代、一見したところ人々の自由度は高まっているように思えます。しかしながら、依然として日本の社会も行政も変化を嫌う現状維持志向が強く従来の枠組みを維持したままで経過し、経済的な凋落《ちょうらく》とともに薄い靄《もや》のような閉塞感が日本社会をおおっています。異物を排除しようとする社会的な心性はむしろ強くなっているようにも見えます。けれども、新しい文化を創造し現在の状況を打ち破ることのできる傑出人や「文豪」は、実は私たちの周囲にすでに存在していると思います。ただし彼らは昔ながらの文学者の姿をしているわけではなく、ゲームクリエーターやコミック作家、時には動画の作成者や小劇場の脚本家かもしれません。

そういう文脈からすれば、『童夢』『AKIRA』などの作品で世界的な名声を得ている大友克洋氏や、『ねじ式』など前衛的な漫画で一世を風靡したつげ義春氏、あるいは小劇場の旗手であった唐十郎氏や清水邦夫氏らは、同時代の文豪と言えるでしょう。

「異能」を持つ人たちを見出し、彼らを受け入れて行動を共にすることは難しいことかもしれませんが、彼らの価値を認めて支えていくことは、私たち自身と社会の重要な役割であると感じています。

二〇二一年秋　　　　岩波　明

解説――時代の厭《いや》な雲

島田荘司

岩波明先生とは、もう長いつき合いになる。最初の出会いは、「著作をもう長いこと読ませていただいているが、『秋好英明事件』(*)に苦戦されているようなので加勢させていただければ」と突然お便りをいただいて、冤罪救済活動をともにするようになったのがおつき合いの始まりだった。以来冤罪者救済のフィールドでお名前が知れ渡り、東大精神科といえば裁判官への信用が段違いなので、正義派弁護士からの鑑定依頼が相次いで、ますます忙しくなってしまった。

これを見てもお解りのように、岩波さんは非常に正義感が強い人で、理不尽に泣く人を放置することができない。精神障害者の内的病巣だけでなく、日本社会深部の病巣を見抜く目を持とうとされていて、それが自分への手紙となり、こちらの治療をこそ目論んでおられるのではと、かたわらから観察してきた。その意味では、日本社会に根深い差別構造や、冤罪者の救済活動は、合目的のものであった。こうした活動により、医師岩波明の診断と治療選択判断の目は、人に対しても社会に対しても、より的確さを増し、診療処方はますますその深度を深めたと私は推測している。

社会の病巣の所在を、観察者たるこちらに的確に伝えてくるのが刑事犯罪と冤罪者であるから、これの探求は大事であるが、もうひとつ、川端康成が太宰治に向かって述べた、「作者目下の生活に厭な雲ありて」の言葉。これが太宰当人の当時の様子の正鵠を射ていたか否かはさておくとして、この表現こそは、わが国に生きた文学者たちの環境や表情を、よくとらえた描写となっている心地がする。

何とも不思議なことであるが、太宰が三鷹に居を構え、作家として認められ、収入も安定する少し前の昭和十（一九三五）年前後、日本に心中事件が多発している。昭和八年が百三人、九年が九十九人、十年が同じく九十九人、十一年が再び百人超えで百七十七人と、異常な数字を記録している。こうした世相への認識が、昭和二十三年の太宰自身の情死決意につながったものと推察される。「厭な雲」という言葉を私が重大に感じるのは、こうした不可解な時代とその空気が日本の近代に存在し、ある傾向の日本人たちを圧迫したからである。これこそが、わが国の上空にかかる「厭な雲」であった。

必要であるから自分の話を少しすると、「本格ミステリー」という文芸ジャンルに長く身を置いて、自身の創作ばかりでなく、多くの新人や彼らの創作を世に送り出し、図らずもブームを創ることに関わりもした。こうした経験から、この「厭な雲」の影響を最も強く受けるのが、日本語を操り、芸術を遺そうと奮闘する作家たちであるという確信を強くするようになった。この書物『文豪はみんな、うつ』は、時代の厭な雲によって苦しい時を送り、自ら命を絶つことになった文学者の人生をたどることで、この雲の危険、深刻さをこちらに伝えようとするものに思うのだが、正しくその意味で、この本は今日の日本人に非常に重要にして、高価値の一冊となったように思う。

私は太宰が情死した昭和二十三（一九四八）年に生まれ、昭和五十六年から書物とその活字世界に暮らしている。さらに余計を言えば、多少世に認められて生活が安定したら玉川上水のそばに住みつき、つまりは太宰と同じことをした。情死する予定はないが、縁があって太宰が入り浸った心中の相手、山崎富栄の部屋の隣室に暮らした女性と話もした。太宰が血を吐く音を襖越しに聞き、吐いた血の入った容器を便所に運ぶ富江氏と廊下で何度もすれ違った。彼女が血を捨てる便所の扉には、住人の誰かによって、間もなく「山崎用」と貼り紙がされた。感染を用心した処置であった。

わがミステリー文芸のジャンルは、極めて異常な成立の経緯をたどった。ポー、ドイルの創設になるこの小説ジャンルは、当時欧州に台頭した科学という新思想の影響で生まれ落ちた。科学の導く合理精神をよりどころに、因縁や祟りや亡霊に臆することなく不明を解き明かす、こうした勇敢で知的な存在が、今後期待される新市民の姿であるとされ、彼を描く物語として「探偵小説」という新文学が誕生した。

ところが当時の日本には科学という新思想胎動のかけらもなく、民のこの思想への関心も認識も皆無であった。この新興文学を日本に輸入し、定着させようと奮闘した江戸川乱歩は、ポーやドイルが乗り越えるべき前近代のシンボルとして登場させた闇の奇形恐怖を、日本にも見つけんとして、江戸の見世物小屋や、大衆読み物から似たものを引いてきた。

これが当たって「探偵小説」はブームとなり、大衆の心をよく摑んだが、大衆は前近代を乗り越える必要性を少しも思わず、ために乱歩は、闇の恐怖を描くばかりで、それを乗り越えることを書き落とした。成功を求める乱歩の後継者たちは、乱歩作品を手本に江戸大衆小説の模倣を競い、それは黄表紙の性的描写を大いに含むことになった。科学台頭の欧州の現場を知らない文学者たちにより、探偵小説は下劣な性小説なりとの誤解を生み、遠慮のない軽蔑差別を呼んだので、乱歩以降の探偵作家たちは、文壇に身の置き所をなくした。

戦後になって太宰と生年を同じくする松本清張が、「社会派推理」の小説を引っさげて登場すると、これによって立場を回復した探偵作家たちは、乱歩追随の書き手や、本格と呼ばれる知的パズルの書き手を、血相を変えて文壇から追放したから、探偵文壇は清張フォロワーの「社会派推理」一辺倒に染まった。

やがて社会派ブームが一段落し、「新本格」と呼ばれる大学ミステリー研出身の若い書き手たちが台頭すれば、今度は「新本格」擁護者たちが「社会派推理」の書き手やお仲間の評論家たちを徹底追放した。この時の文壇は、乱歩流儀、本格流儀を追放した現場であったから、年配の本格作家はもうここには残っていず、ために推理文壇は、世界にも例のない二十代の書き手ばかりになる、という珍現象を呈した。

若者たちが書き下ろす物語の極端な偏りは、推薦者たるこちらの首をかしげさせるものだったが、それはみるみる聖職者の信仰上の信念に似てきて、多様化要請の意見は許さぬ空気となった。大学ミステリー研の部室は、長くヴァン・ダインの流儀を至上の黄金と確信してきていたから、殺人事件は必ずと言ってよいほど怪しげな館内の密室で起こり、館には怪しげな住人たちが集合しており、彼らのプロファイルは早い段階で読み手に開示され、難事件発生のため、名探偵が呼ばれて外来して、彼はすでに読者が心得た情報のみを使って推理をし、みなが意外に思う犯人を指摘する、こうした固定的な諸条件を満足するゲーム小説のみが至上のものと主張され、強制され、反論も、これ以外の作風の執筆も、苦いものとされはじめた。

彼らのこうした固定的判断への自信の持ち方は、あきらかに、勝ち抜いてきたばかりの熾烈な受験戦争の名残りであった。つまり受験とは、そういう性格のものであった。それ以外の世界をまだ知らないので、本格ミステリーの作品群を、「館《やかた》もの」という型に塡めてしまうのは、創作のありようとして正しくないというこちらの意見は、受験教科に英語、数学と、決まった科目ばかりが入っているのはおかしいという苦情と同質であった。社会派作家たちからの逆風の中、懸命に推薦して、お子様ランチ擁護者と罵声を浴びたこちらに向かい、ある若い新人は、こちらのあまりの非常識に仰天し、激高し、刺し違えて殺すと言った。彼にとって、受験とはそういう命がけのものだった。

厭な雲のもと、多くの文学志向者の精神の障害や、自死の多発を思う時、いつもこの若者の殺意を思い出す。こうした狂的正義の発現は、中国における紅衛兵の傲慢にも似ている。情死流行と同じく、この国の文学世界には、死や殺意がたやすく顔をのぞかせる。驚くべきは新本格の学生たちの台頭以前からいた書き手たちも、当初あれほど新本格に批判的であったのに、彼らが市民権を得れば一も二もなく彼らに賛同して、視線をそらしてこちらに攻撃的になったことだ。

このように文学志向の者たちの感性は、あまりに脆《もろ》く、大勢迎合的な、弱々しい判断しか局面では持ち得ず、時代の狂気にたやすく感染して、見え透いた攻撃保身に走る。あたかもそれは、労働をせず、文章を書くだけで生活することの申し訳なさに、恐れ入って縮みあがる様子にも似ていた。

こうした国情に、自分は長く疑問を抱いてきたのであるが、本書を読んで、次第に謎が解けはじめるふうの心地がした。ここに観察できる若い、受験勉強の勝者たちであるところの文学者たちの異様な弱さはどこに端を発しているのかといえば、何を書くのかという判断に、相当の辛苦を抱いていたことにあるように思う。周囲の何ものかに、こういう内容のものを書けと指示されれば諾々と、あるいは嬉々としてしたがう。これに命の危険がともなっても、躊躇はない。館もののブームが起こったのは、何者かによる館内の殺人という教唆があったからだ。

新本格の若い書き手たちは、受験戦争という非人道的な競争以外、何も知らないで文壇に入ってきていた。彼らは超一流大学入学を勝ち取り、政財界のエリートたちに合流すると同等の気分で、文壇に向けて行進してきていた。彼らが知っていることは、教師に要求されていっせいに答案を書くことだけで、それがこの世で最も価値ある業務と教えられていた。学校でそうおだてられ続けた自分のこの行為が批判されるなど、あってはならない、驚天動地の大間違いであった。彼らは入試のように鼻先に原稿用紙を出され、館ものを書くよう命じられたから書いたのであり、その結果、一流大学出としての特権待遇が眼前に広がるものと確信していた。

本書に登場する十人の文豪たちの場合、文学者としての格はだいぶん違っているし、文明開化以降、国家間戦争が長々と続いて途切れず、ゆえに特権階層は一貫して軍部で、自分たちではなかった。太宰の時代は、自宅付近の公園を闊歩する駐留米軍にそれが代わってはいたが、これに気兼ねして小さくなっていなくては、と思わせる嫌な空気は、敗戦によっても国の上空から動いてはいず、彼ら文学者の繊細な心性に翳りを落としていた。強権とファッショの圧力は、彼らをおしなべて左翼平等革命という誤解と幻想に向かわせた。激しい無力感は、薬物の誘惑にもなったろう。こうした点にはあきらかに考慮の要がある。こうした現在との大きな違いはあったものの、創作出発時におけるテーマ選択の心性に関しては、果たしてどこまで違っていただろうか。

近代自然主義文芸の栄えある原点となった田山花袋の『蒲団』が発表されたのは明治四十(一九〇七)年で、花袋まだ三十代のおりである。この文学運動を、日本独自のもののように誤解する若い層は多いが、実のところこれは、モーパッサン、ゾラなどフランスの作家たちが起こした文芸革新運動の輸入で、この起点にも探偵小説同様、「進化論」という科学の衝撃が関わっていた。

　教会が指導する神の創生物としての「人類」を描く文学として、神話や聖なる物語、現実離れのした英雄譚などが長く文壇の主流であったが、科学を知った今、そのような選民発想はナンセンスで、市井のごく普通の人々の暮らしを生き生きと、平等に描く物語の方が、人類総体にとってははるかに意義深く、教訓もあるとする新進作家たちの考え方によっていた。

　日本文学における近代のスタートとなった「自然主義」は、「探偵小説」同様に輸入品であり、懸命に模倣してのスタートに際し、こちらも、否こちらこそが「探偵小説」以上に罪深い間違いを犯した。そしてこちらもまた、特有の国情に鑑みての、意図的なものであったことが疑える。

　日本人大衆にとっての「自然主義」とは、侍や、軍人の暴力に威圧されての卑屈な、かたちばかりの行儀ではなく、安心して威張っている彼ら上位者も、格好つけのた**が**をはずせば、実は夜ごと品のない欲求に身を焼き、煩悶しているに相違ない。自分ら大衆と、なんら変わるところのない平等の人間であるから、彼らの凡庸さを可視化する文章群が「自然主義」である、とそう考えようとした。つまりは、上位者の惨めな状態こそは、大衆にとって渇望してやまぬ「自然主義」で、長い長い抑圧の歴史による不満が、ぎりぎりの地点において、こうした窮鼠の悲鳴のような要求となった。

今日のワイドショーや、写真週刊誌の存在理由に通じる考え方で、近代自然主義小説群とは、未だ登場していないこれらメディアの役割を、何ぶんか担わせたい大衆願望の反映であったという秘密は、もはや語られてよいタブーと思う。『蒲団』に登場する文学者の先生の、下宿した娘に対する恥ずかしいまでに切なる思慕の念の自白は、こうした趣旨をよくなぞる好ましいストーリーとして、成功を願う若い文学者によって筆にされた。ここにあったものは自然主義ではなく、実は自己卑下主義であったのだが、大衆はそれが日常であったわけだから、誤りに気づくことはなかった。

有島武郎の『或る女のグリンプス』の連載スタートは明治四十四（一九一一）年のことだった。芥川の『老年』は明治四十七年、島田清次郎の『地上』は大正八（一九一九）年、実の姪との恋愛を描いた島崎藤村の『新生』連載は、大正七年のスタートになる。太宰の出発はずっと時代が下る。谷崎の『刺青』は明治四十三年、川端のスタートも時代は下る。ここで見るべきは、すべて『蒲団』の以降、わが近代自然主義発動の以降に書かれているという点である。すべてが『蒲団』の影響の尾を引いていたとは言わない。流儀への強い反発もあったろう。しかし何故かそういう蛮勇の書き手は早々と滅んでしまい、藤村などは、ある日思い立って全力で『蒲団』に身を寄せたように、今日の視線からは見える。

　近代自然主義という看板は、その後白樺派とか無頼派などと名を変えて頭上に掲げられるが、情人と情死を繰り返し、自身を実際以上にだらしなく、弱々しく描いて、「君らの読みたいものはこれだろう」とばかりに提出を続けて文壇史の頂上に駈け上がり、未だにおりてこようとしない者が太宰で、彼の自己演出的なやり口を鑑みれば、彼こそが日本式「自然主義」の奥義者であり、『蒲団』と、文学愛好家との俗な取引関係を最も鋭く見抜いた書き手と、今は感じざるを得ない。そしてそれゆえに、意図通りの大きな成功があった。

　つまりは帝大出身の偉い文学者こそが、大衆による「自然主義」願望の最終的な生け贄で、腕力と罵声で威張っていた軍人がようやく滅んだ今、高い稿料を取り、もっともらしい言辞を垂れ、娘らの憧れを集め、朝寝をして酒を飲み、頻繁によい思いをしている文学者の、惨めな転落をこそ大衆は次に望むようになって、関係各方向を巻き込んで自然主義の誤流行を画策し、流行《はや》らせ、政治的な圧力まで作ったとする推察は、世相を思えばそれなりに当を得たものに思われてくる。

　恐ろしい想像であるが、古来から日本民族の暗部には、こうした残忍な風習が地下水脈のように持続している。古事記に現れるヒルコの象徴性。奇形醜貌に生まれた赤児の山中捨て、盲目に生まれた娘のこれもごぜ集団への子捨て、認知症で高齢の親を、山奥の洞窟に寝かせて死を待たせる姥捨て、貧しさによる口減らしなど、自己破滅の切実さがいよいよ嵩じれば、日本人はこうした判断に倫理観を介入させず、ある時点にいたってついに決然と実行する。今日のいじめによる自殺教唆もこれの名残りと思われ、ここには民族的な宗教臭さえ漂っている。

芥川賞を切望した太宰が、選者の川端に「作者目下の生活に厭な雲ありて」と断じられてあれほど怒ったのも、自分は自分の生活について、一から十まで真実を述べてはいない。道徳の教科書に興味がないのはあんたらも同じだろう。『蒲団』のように自らを貶めて書けと言ったのはあんたたちではないのか、との思いが彼にあったように、私には思える。

近代自然主義創作の虚構を徹底して見抜き、活用しつくした書き手と太宰は見え、その計算高さでのみ、本書に名前の見える某文筆家の意見に同意できるが、それは実のところ、痛々しいまでの彼の従順さで、右の圧力に応えた所業であった。太宰治はユーモアの達人で、純粋でもあり、素直でもあり、人望も魅力もあって、人が言う湿った悪党とは印象が遠い。彼の自己卑下演出までもが、三鷹の酒場での彼の夜ごとのジョークの範囲であったかとさえ、自分は今疑っている。先の文筆家もまた太宰の諧謔の筆に弄されているのであって、単にうつ患者とする著者の見立ての方が適切であり、合理的であると思う。

文壇史を長く観察して来て、文学者こそが時代を映す鏡であるとの思いが日々強くなる。この国とはいかなる場所か、日本人とはいかなる民族か、この謎を解こうと奮闘した十人の文学者たちであったが、ある意味では彼らのものした書き物を読む以上に、国にかかる厭な雲に翻弄された、彼ら自身の生涯の記録を読んでいる方が、それがよく心に届いてくる。

本書は非常に面白いエンターテインメントであるが、同時に、日本国に一家言のある人たちには意義深い情報群であるように思う。

二〇二一年十月十一日

――小説家

＊昭和五一年六月一四日、福岡県飯塚市で起こった一家四人殺害事件において、秋好英明に死刑判決が下った。しかし島田氏は秋好氏と文通し、裁判記録を精査し、たびたび面会し、現場に足を運び、大勢の関係者に会い、裁判を傍聴した結果、秋好氏は一人しか殺しておらず、部分冤罪であると確信して、調査結果を長編大作として残した。

この作品は二〇一〇年七月幻冬舎新書に所収されたものです。

一部、時代背景を鑑み、当時の通例表現（現代では不適切とされる表現）を用いている箇所があります。

幻冬舎文庫

●幻冬舎時代小説文庫
狐の眉刷毛《まゆはけ》
小烏神社奇譚
篠 綾子

小烏神社の氏子である花枝の元に、大奥にいるかつての親友お蘭から手紙が届く。久し振りの再会を喜ぶ花枝だったが、思いもよらぬ申し出を受ける。人気シリーズ第四弾。

●幻冬舎時代小説文庫
信長の血涙
杉山大二郎

天下静謐の理想に燃える信長だが、その貧弱な兵力では尾張統一すらままならない。やがて織田家の家督を巡り弟・信勝謀反の報せが届くが……。涙もろく情に厚い、若き織田信長を描く歴史長編。

●幻冬舎時代小説文庫
江戸美人捕物帳
入舟長屋のおみわ 春の炎
山本巧次

北森下町の長屋を仕切るおみわは器量はいいが、気が強すぎて二十一歳なのに独り身。ある春、火事が続き、役者にしたいほど整った顔立ちの若旦那と真相を探るが……。切ない時代ミステリー！

●幻冬舎アウトロー文庫
全告白 後妻業の女
筧千佐子の正体
小野一光

夫や交際相手11人の死亡で数億円の遺産を手にした筧千佐子。なぜ男たちは「普通のオバちゃん」の虜になった？ 23度もの面会でその〝業〟を体感した著者が、彼女の知られざる闇を白日の下に晒す。

●幻冬舎アウトロー文庫
嘘だらけでも、恋は恋。
草凪 優

元ヤクザ・崎谷の前に突然下着姿で現れた場末のホステス・カンナ。魂をさらけ出すような彼女のセックスに溺れていく崎谷だが、やがて不信感を覚え始め――。刹那的官能ダークロマン。

文豪《ぶんごう》はみんな、うつ

岩波明《いわなみあきら》

令和3年12月10日　初版発行

発行人――石原正康
編集人――高部真人
発行所――株式会社幻冬舎
〒151-0051東京都渋谷区千駄ヶ谷4-9-7
電話　03(5411)6222(営業)
　　　03(5411)6211(編集)
　　振替00120-8-767643
印刷・製本―中央精版印刷株式会社
装丁者――高橋雅之

幻冬舎文庫

ISBN978-4-344-43142-3　C0195　い-69-1

幻冬舎ホームページアドレス　https://www.gentosha.co.jp/
この本に関するご意見・ご感想をメールでお寄せいただく場合は、
comment@gentosha.co.jpまで。